동아
COMMUNICATION
GROUP

동아
COMMUNICATION
GROUP

# 인생 2막,
## 섬나라 재벌로!

# **인생 2막**, 섬나라 재벌로! 8권

초판 1쇄 인쇄일 | 2021년 9월 6일
초판 1쇄 발행일 | 2021년 9월 10일

지은이 | 일필
펴낸이 | 박성면
펴낸곳 | (주)동아

출판등록 | 제406-2007-000071호
주소 | 경기도 파주시 문발로 115 세종대학교출판부 206호
전화 | (031)8071-5201
팩스 | (031)8071-5204
E-mail | lion6370@hanmail.net

정가 | 8,000원

ISBN 979-11-6302-527-6 (04810)
ISBN 979-11-6302-470-5 (Set)

DONG-A MODERN FANTASY STORY
일필 현대판타지 장편소설

# 인생 2막, 섬나라 재벌로!

동아
COMMUNICATION GROUP

# 인생 2막,
## 섬나라 재벌로!

# 목차

71. 팔짱 껴!    _7

72. 정말 겁이 없구려!    _37

73. 마른 침을 삼키다    _67

74. 백문이 불여일견    _99

75. 자만의 대가    _129

76. 빌어도 시원찮을 년이!    _159

77. 아니까 그러지!    _189

78. 처제 매부 사이    _219

79. 양심을 재는 잣대    _247

80. 사람은 고쳐 쓰는 게 아니다    _275

# 인생 2막,
## 섬나라 재벌로!

# 71. 팔짱 껴!

# 인생 2막,
## 섬나라 재벌로!

해설자가 말을 다 끝맺기도 전에 현우의 모습이 카메라에 잡혔다. 언제나처럼 힘차게 마운드를 향해 곧장 뛰어나왔다.

　투수들에게는 흔치 않은 장면이다. 빠르게 뛰면 호흡이 가빠져 투구 리듬에 악영향을 미친다고 생각하기 때문이다.

　하지만 순식간에 마운드에 다다른 현우는 감독에게 공을 넘겨받고는 아무 일도 없다는 듯 담담히 연습 투구를 던졌다.

　감독도 별말 하지 않고 어깨를 두드리고는 내려갔다.

위기 상황에서 팀을 구하기 위해 등판한 아들을 바라보는 소이치로의 심장은 말로 표현하기 어려울 만큼 요동쳤다.

　'바뀐 투수의 초구를 노린다고 했던가?'

　"따악!"

　초구에 84마일 체인지업을 던졌다.

　바깥쪽 스트라이크 존에서 공 하나쯤 벗어나는 맞추기도 힘든 궤적이었는데 타자의 배트가 그걸 따라와 때려 냈다.

　타격음은 제법 실했으나 그 공은 미리 예측이라도 한 듯이 앞으로 달려 나오는 투수의 글러브에 빨려 들어갔다.

　3루 주자가 스타트를 끊었지만 차분하게 돌아선 현우는 2루로 송구했고, 넉넉한 타이밍에 포스아웃을 시킨 유격수는 1루에 연결하면서 예술 같은 1-6-3 더블플레이를 완성했다.

　워낙 극적인 상황이라서 기억할지 모르지만 이 장면은 현우가 데뷔할 때와 판에 박은 듯 똑같은 결과로 귀결되었다.

　"와아아아!"

　"아티스트! 아티스트!"

　홈 관중들은 마치 9회 말 끝내기 홈런이라도 나온 것처럼 괴성을 지르며 환호했다.

1사였기에 장타만 나와도 동점이 되는 상황이었고 분위기는 완벽히 역전을 허용하는 무드였다. 기껏 다 이긴 경기를 믿었던 불펜투수들이 나와 망친다고들 생각했었다.

하지만 루키 투수가 나와 또다시 공 하나로 경기 분위기를 뒤집어 버린 것이다. 8회 말에 득점 지원이라도 되면 좋으련만 현우는 1점의 리드를 유지한 채 9회에 마운드에 올랐다.

그리고는 보란 듯이 새롭고 강력한 모습을 보여 줬다.

- 81마일 슬로커브 헛스윙! 92마일 투심 스트라이크, 96마일 포심 헛스윙 삼진!
- 87마일 슬라이더 헛스윙, 96마일 포심 스트라이크, 80마일 슬로커브 헛스윙 삼진!
- 94마일 투심 헛스윙, 96마일 포심 스트라이크, 97마일 라이징 패스트볼 헛스윙 삼진!

[9구 3삼진! 뻔히 보고도 치지 못했다!]
[공조차 맞추지 못한 압도적 구위! 수 싸움에서도 이겼다]
[누가 기교파 투수라고 했던가? 제구와 구속까지 겸비한 괴물의 탄생! SD의 소방수로 낙점되나?]

[90마일 중후반 대 포심과 투심, 치명적인 80마일 중후반 대 슬라이더, 느리지만 폭포수처럼 떨어지는 12-6커브. 더 이상의 구종은 필요치 않았다]

1.2이닝을 막아 내는 데 필요한 투구 수는 10개에 불과했다.

확실한 위기였던 8회를 공 1개로 막은 반면, 9회를 마무리할 때는 마치 자신의 능력을 만방에 알리려는 것 같았다.

1점 차의 아슬아슬한 승부였기에 장기인 제구력을 앞세워 타자의 바쁜 심리를 이용할 것이라고들 생각했다.

하지만 현우는 좀처럼 보이지 않던 강속구로 정면 승부함으로써 자신이 어떤 투수인지를 모두에게 각인시킨 것이다.

경기 관전을 마친 소이치로와 측근들도 늦은 시간이었지만 잠을 청할 생각을 하지 않고 담소를 나누기 바빴다.

"어떤 실력을 가졌든 저런 긴장된 상황에서도 일절 동요하지 않고 제 공을 던지는 배포, 전 그게 정말 대단하다고 생각합니다. 보스를 빼다 박은 것 같습니다."

"윤 실장. 나도 저 정도 배짱은 없어."

"그런데 90마일 초반 대였던 패스트볼의 구속이 어떻게 갑자기 팍 올라선 겁니까?"

"안 사장님은 현우 최고 구속이 얼마나 나올 것 같습니까?"

"글쎄요……. 제구만 잘된다면 오늘 기록한 96마일 안팎이면 충분하지 않을까요?"

"그렇긴 한데, 아직도 힘을 다 쓰고 있지는 않거든요. 저녀석이 힘을 쓸 때는 이를 악무는 습관이 있거든요. 어릴 때부터 보였던 그 버릇을 고치지는 못했을 겁니다. 이를 악물면 구속이 얼마나 나올지 궁금하네요."

"그럼 100마일?"

듣고 있던 윤석호가 더 흥분했다.

꿈의 구속인 100마일을 던진다면 안 그래도 스타로 성장할 가능성이 높은 현우의 가치가 폭등할 것이기 때문이다.

그에 반해 소이치로나 안승태는 오히려 담담했다. 말은 하지 않았지만 이미 그런 생각을 공유하고 있었기 때문이다.

이런 대단한 능력을 지녔음에도 보다 완벽한 데뷔를 위해 마이너리그에서 준비하느라 보낸 기나긴 시절을 돌이켜 보면 더 대단하게 느껴졌다.

얼마나 높이 날고 싶었을까?

그러나 꿋꿋하게 버티며 오늘을 대비했던 것이다.

"아무래도 팀의 마무리 투수를 맡게 되겠네요."

"선발 자리를 꿰차면 좋은데, 제 생각도 그렇습니다. 샌디에이고의 사정이 여의치 않으면 클로저라도 맡아 최대한 자신의 가치를 끌어올릴 필요가 있습니다. 그리고 기회가 되면 전문 에이전트에게 맡기는 것도 괜찮을 것 같습니다."

"안 사장님이 관여하기에는 부담이 되십니까?"

"그게 아니고 그 물에 정통한 사람이 나서는 것이 장기적으로 바람직하기 때문입니다. 어차피 FA가 되기 전까지는 매년 계약을 갱신해야 할 텐데, 제가 어설프게 나섰다가 손해를 끼칠 수는 없다는 생각이 들었습니다."

"그렇다면 전문가에게 맡기는 것도 좋겠네요."

더 큰 문제는 SD가 아닌 타 팀으로 이적하는 경우를 대비할 필요가 있기 때문이었다.

전문가가 아니면 각 팀의 복잡한 재정 상황이나 선수 수급 상황 등을 종합적으로 고려할 수 없고, 그들만의 거래 방식을 인지하지 못하기 때문에 전문가에게 맡기기로 결정했다.

그래도 한 번은 직접 만나 격려하고 싶었다. 그래서 바쁜 와중에도 안 사장과 함께 미국을 다녀오기로 결정했고 가능한 일정을 잡아 보라고 지시했다.

* * *

"그게 무슨 말입니까?"

"제가 말씀드렸던 인류의 위기가 생각보다 빨리 찾아올 것 같다고요."

"바이러스의 공격이 시작된다는 말입니까?"

"네. 발원지를 체크한다고 하지 않았나요?"

"아직 별다른 정보는 감지되지 않았습니다."

"그렇다면 중국을 좀 더 밀착 조사해 보세요. 제가 본 그림을 분석해 봤는데, 아무래도 이번 바이러스는 중동이 아니라 중국에서 발현되는 것 같았어요."

너무 허무맹랑한 이야기라서 쉬이 받아들여지지 않았다.

하지만 그녀의 예지가 진짜로 실현된다면 인류가 지게 될 부담은 어마어마할 것이며 먼저 알고 대비한 이들에게 는 무엇과도 바꿀 수 없는 결정적인 정보가 될 수 있다.

문제는 그 공격에 인류가 얼마나 잘 대처할 수 있는지, 과연 무난하게 극복하고 물리칠 수 있는지, 근본적인 질문 에 대한 답부터 찾아야 했다.

"지금까지는 잘 대처해 오지 않았습니까?"

"사스, 메르스를 얘기하는 거라면 그랬죠. 하지만 이번 경우는 그렇지가 않은 것 같아요."

"전염성이 강하나요?"

"강한 정도가 아니라 인류의 생존을 위협해 세계적인 팬데믹이 일어나는 영상을 봤어요. 자연발생적인 것이 아니라 인간의 무지한 욕심이 결부되었다는 것이 문제에요. 아무래도 금단의 벽을 깬 것 같아요."

"금단의 벽을 깨다니요?"

"하늘이 허락하지 않은 변형을 꾀해 꼬리를 무는 전염이 이뤄질 것 같아요."

아시아는 물론 유럽, 아프리카, 아메리카 대륙까지 퍼져 수많은 주검을 내리는 예시를 봤다는 말에 할 말이 없었다.

일단 바이러스를 소멸시킬 치료제가 필요할 것이고 확장을 막기 위한 백신의 개발도 필요했다. 그렇기 때문에 조기에 바이러스의 실체를 파악하는 것이 급선무였다.

이부용이 발원지에 대한 관심을 보인 것도 그 이유였다. 범위를 좁혀 줬기 때문에 정보력을 집중시킬 수 있게 된 점은 매우 고무적이었다.

"전염력이 얼마나 강한지가 관건이겠네요."

"그렇죠. 퍼지지 않는 바이러스는 문제가 될 게 없지만 삽시간에 퍼지는 전염성을 지니고 치사율마저 높다면 인류는 걷잡을 수 없이 빠르게 무너질지도 몰라요."

"대체 얼마나 심각한 예시를 봤는데 그러십니까?"

"대표님도 보고 싶으세요?"

"저도 볼 수가 있습니까?"

"볼 수는 있지만 희생이 만만치 않을 텐데, 괜찮겠어요?"

야릇한 미소를 지으며 응시하는 그녀의 눈빛을 마주하자 심장이 덜컥 내려앉았다. 듣지 않아도 짐작되었기 때문이다.

그녀만의 신비한 능력인데, 타인이 그걸 공유하려면 통상적인 방법으로는 가능할 리가 없다는 생각이 들었다. 최소한 마음이라도 완벽하게 통해야 할 것 같으며 어쩌면 그보다 더 심각한 뭔가가 필요할지도 모를 일이다.

게다가 인형처럼 아름다운 이부용이 야릇한 미소까지 보이자 괜찮다는 대답을 할 수가 없었다.

큰 사고라도 칠 것만 같아.

"쫄보!"

"네?"

"그걸 직접 보는 게 얼마나 중요한지 모르는군요."

"중요하다는 생각은 들지만 성 관장님께 실례를 무릅 쓸 수는 없을 것 같아서 망설였습니다."

"실례라니요?"

"그렇다면 방법을 말씀해 보십시오."

"싫어요. 확답하기 전까지는."

그녀는 장난기가 많은 성격이 아니다.

그런데 그 화제가 나온 이래 계속 오묘한 미소를 감추지 않아 의심할 수밖에 없었다. 하지만 실례가 되지 않는다는 말에 의심을 풀고 의욕을 보였다.

그런데 갑자기 토라진 여자애처럼 대꾸해 황당했다. 왜 그렇게 대처하는지 파악하고 싶었으나 가능하지가 않았다.

그녀의 말을 듣는 것보다 예시를 직접 보면 더 다양한 해석과 정확한 판단을 내릴 수 있을 것 같아 아쉬웠지만 그녀를 채근하는 것은 적절치 않다고 판단했다.

"일단 중국 쪽 관련 정보 취합에 힘을 쏟겠습니다."

"치! 쫄보 맞네요."

"저도 보고 싶습니다. 하지만 타인의 능력을 엿보는 것이 그리 간단할 리가 없다고 생각합니다. 바람직한지에 대한 확신도 부족하고요."

"맞아요. 하지만 목표가 뚜렷하고 목적이 정당하다면 세속적인 것쯤은 초탈할 수도 있는 거 아닌가요?"

"성 관장님이 그렇게 생각하신다면 저도 좋습니다."

"그래야죠! 그럼 저녁에 숙소에 갈게요. 1101호 맞죠?"

숙소는 왜?

하지만 이부용은 물을 기회도 주지 않고 냉큼 나가 버렸다. 마치 빈틈을 허용하지 않으려는 것 같아 당황스러웠다.

만약 그 자리에 둘만 있었다면 이상할 게 없지만 실리완이 동석하고 있었다. 실리완의 한국어 구사력이 상당한 수준이라는 것도 알고 같은 여성인데도 그렇게 행동한 것을 보면 과도한 걱정일지도 모를 일이다.

그러나 실리완도 느낌은 비슷했는지 볼멘소리를 던졌다.

"별 수작을 다 부리네요!"

"완. 아쉬울 게 없는 여자야. 그리고 유부녀잖아."

"유부녀니까 세속적인 것은 초탈하자는 말을 한 거잖아요."

"그럴 리가! 설사 야릇한 무언가가 필요하더라도 이상하게 엮일 일은 없을 테니까 걱정하지 마."

"제가 왜요! 됐거든요!"

실리완마저 토라진 듯 나가 버리자 당황스러웠다.

자신이 대체 무엇을 잘못했단 말인가?

실리완의 마음은 알고 있다.

하지만 누군가와 함께해야 한다면 1순위는 그녀가 아니다.

더 길고 오랜 애틋한 인연을 이어 온 연이채를 두고 다른 짝을 찾는 것은 상상하기도 힘들다. 과거로부터 이어진 소이치로의 숙제를 이어받아 미오와 함께한 것은 어쩔 수 없었다.

그러나 차후 누군가를 곁에 둬야 한다면 연이채를 저버릴 수는 없다는 게 솔직한 심정이었다.

그걸 실리완도, 따능도 이해하고 있다고 생각했다. 그런데도 당장 자신의 눈앞에서 이부용이 수작을 부린다고 생각하자 그건 도저히 받아들이기 힘들었던 것이다.

"내가 하루빨리 가정을 꾸리는 것이 나으려나?"

어찌되었든 자신은 이미 두 번의 결혼을 했다.

돌이킬 수도, 돌이키고 싶지도 않지만 현화와의 결혼은 진심으로 사랑한 여인과의 결합이었기에 남 탓을 할 수가 없다.

아쉬운 것은 현명하지 못해 아내와 아이들을 미국으로 보낸 것이었다. 가까이 있었다면 현화가 외도를 하고 약물에 중독될 일은 없었을 것이라고 생각했다.

하지만 아이들을 위한 선택이었다고 생각했던 그 판단이 부부를 갈라놓았고 아이들과의 단절까지 불러오지 않았던가!

그래서 두 번째 결혼은 같은 실수를 반복하지 않으려고

바쁜 와중에도 내심 많은 신경을 쏟았다.

그러나 자의가 아닌 타의에 의해 파탄에 이르고 말았다. 복수는 당연한 것이고 그 일을 겪은 뒤, 이제 누군가를 곁에 두는 것은 힘들 것이라고 생각했다.

그런데 사람이 참 간사했다.

"연 대리. 어디야?"

'모터스 연구소에요. 무슨 일 있으세요?'

"응. 내가 그리로 갈게."

잘난 놈에게 여자가 꼬인다는 말은 사실이었다.

그 잘남이 그저 외모의 빼어남을 넘어 경제력과 출신 배경, 그리고 자신감까지 더해지면 여자들의 시선이 바뀐다.

과거에도 박상우는 건장하고 잘난 외모로 인해 여성들의 호감을 얻곤 했다. 하지만 지금과는 달랐다. 아주 많이.

생물학적인 호감을 넘어서는 인간의 보편적 야망이 곁들여졌기 때문이라고 판단했다. 아무 상관이 없는 여성도 첫 만남부터 좋은 감정을 품으며 다가온다는 것이 느껴졌다.

만약 바람둥이가 되고자 한다면 지금보다 더 좋은 환경은 없다는 생각이 들 정도였다. 그러나 어깨에 짊어진 무게를 생각하면 하루 빨리 그런 잡념을 떨쳐 버리는 것이 바람직하다.

당장 원초적인 욕구마저도 해결하지 못하는 이 상황을

벗어나고 싶었다. 그리고 떠오른 그 사람에게로 향했다.

"연 단장!"

"오늘 안 바쁘세요? 이 관장과 미팅 있는 날이잖아요?"

"끝났어. 나랑 밥 먹으러 가자."

"밥이요?"

"응."

연이채는 오늘따라 소 대표가 이상하다는 느낌을 받았
다. 더없이 좋은 사람이지만 절대 다정다감한 스타일은 아
니다.

게다가 직원들이 쳐다보고 있는데도 툭툭 반말을 했다.
그게 기분 나쁘지 않고 오히려 달콤하게 들렸다. 왜냐면
둘만이 아는 과거의 추억으로 초대받는 느낌이 들었기 때
문이다.

연이채도 긴말하지 않고 바로 따라붙었다. 평소에는 약
간 뒤에 쳐져 왼쪽으로 쫓아가지만 나란히 걸었다.

그러자 소이치로가 쓱 다가오더니 팔을 툭 쳤다.

"왜요?"

"팔짱 껴!"

연이채는 기회를 놓치지 않았다.

아직 연구소를 벗어나지 않아 대표와 연구소 담당이사가
함께 걸어가는 모습을 지켜보는 이들이 적지 않았다.

그런데 팔짱을 꼈다.

선남선녀의 눈부신 워킹?

그게 아니다.

사고로 홀아비가 된 대표, 그리고 싱글인 그녀의 이 행동은 하루가 지나기도 전에 모든 계열사에 쫙 퍼질 것이다.

둘이 어떤 사이냐고?

아니다. 이미 깊은 사이라고 인식할 것이다.

고로 소이치로의 팔짱 끼라는 말은 프러포즈였다.

"저 냉면 먹고 싶어요."

"냉면? 가지 뭐."

"고마워요."

"미안해."

모터스 연구소가 위치한 사뭇쁘라깐에는 냉면을 파는 한식당이 없다. 방콕 수쿰빗까지 나가야 하는데, 흔쾌히 동의했다.

그 뜻은 그 어떤 것도 다 들어주겠다는 의미로 느껴졌다.

서로에게 고맙다는 말, 미안하다는 말은 그간의 수많은 감정의 찌꺼기들을 단숨에 날려 버리는 표현이었다.

대기하고 있던 세단의 뒷좌석에 나란히 앉았다. 길고긴

이야기들이 더 나올 것 같았지만 그렇지 않았다.

남자의 어깨에 기대어 눈을 감은 연이채의 얼굴에는 뿌듯한 행복이 깃들어 보였고, 그녀의 고른 숨소리를 접한 소 대표도 이내 그녀의 어깨를 살포시 안아 줬다.

"연 대리. 우리 천천히 가도 되지?"

"그럼요."

"아무리 생각해 봐도 당신밖에 없더라고."

"지금 그 말 너무 달콤해요. 이제 부장님 마음을 알았으니까 저 다 이해할 수 있어요. 힘들면 언제든 얘기하세요."

"무슨 얘기?"

"신비한 능력을 가진 대신, 부작용도 있다고 들었어요."

"하하하! 아직 문제가 된 적은 없어. 그리고 미연에 방지하면 되니까 걱정하지 마."

"전 믿어요. 그러니까 위급한 상황이 되면 미련하게 버티지 말고 조치를 취하세요."

"하하하! 그래."

그런 일은 벌어지지 않을 것이다.

처음 차논에게 그런 얘기를 들을 때만 해도 자신의 능력에 대한 자신이 없어 지금 연이채가 말하는 것처럼 따를 수밖에 없다고 생각했다.

하지만 막상 겪어 보니 굳은 의지만 있다면 웬만큼 버틸 수 있고 미리 대비하면 우려할 행동 없이도 지나갈 수 있었다.

물론 더 긴급한 상황을 겪게 되면 피치 못한 상황을 맞이할 수도 있기 때문에 함부로 장담은 하지 않았다.

중요한 것은 마음가짐이지, 험난한 길을 함께 겪어 온 연이채라면 얼마든지 극복해 나갈 수 있을 것이라고 봤다.

"어? 어째서 혼자 복귀하셨어요?"

"무슨 말입니까?"

"벌써 회사에 소문이 좌 하게 퍼졌거든요!"

"아! 그거요? 그렇게 됐습니다. 오늘은 프로젝트팀이 막바지 작업 중이라 자리를 비울 수가 없다고 하네요. 하는 수없이 혼자 왔습니다."

"그럼 이제 숙소도 함께 쓰는 건가요?"

"완, 잠깐만 제 방으로 들어와 볼래요."

아무리 성격이 좋고 연이채와의 각별한 관계를 알고 있어도 마음이 좋을 리가 없을 것이다.

자신에게 남다른 애정을 품고 있다는 것을 알면서도 받아들일 수 없는 입장이기에 달래 줄 수밖에 없었다.

좋은 짝을 만나기 바라지만 그 또한 쉽지가 않으며 차논은 공개적인 자리에서 두 딸을 부탁까지 했었다. 그게 불안정한 그녀들의 정서적, 정신적 안정만을 의미하는 것이 아님을 소이치로도, 그녀들도 알고 있었다.

태국에서 사업하는 입장에서 태국 여인을 얻을 수도 있다고 생각하실지 모르지만 소 대표는 그럴 입장이 아니었다.

헤프게 살고 싶은 마음은 더더욱 없고.

"완. 축하해 달라고 하면 너무 욕심인가요?"

"아뇨. 보스가 하루빨리 가정을 꾸리는 게 좋다고 생각해요. 그리고 그 대상이 연 단장이라면 할 말은 없죠."

"그럼 도와주세요."

"……알았어요."

차라리 말을 하지 말았어야 했나?

개인적으로 그녀만큼 신뢰하고 든든한 우군은 없다.

그래서 더더욱 그녀의 축하를 받고 싶었다. 하지만 막상 말을 꺼내고 보니 못할 짓이었다.

거부하지 않을 줄 알면서 밀어붙인 것 같았기 때문이다. 그렇다고 아무 말도 하지 않을 수는 없지 않겠나!

그렇다면 더 진심을 다해 설득할 수밖에 없었다.

그래서 지금까지 불분명했던 과거의 이야기를 입에 담았다. 실리완은 어느 정도 눈치채고 있었지만 막상 자신의 실패했던 과거를 입에 담자 오히려 실리완이 안절부절못했다.

"보스. 그만하세요."

"난 늘 신세만 지고 사는 운명인가 봅니다."

"신세라니요! 그렇지 않아요. 전 보스를 만나고 하루하루가 행복해요. 그리고 연 단장과 맺지 못했던 인연을 이어가게 된 거, 진심으로 축하드려요."

"고마워요. 정말로."

"저 그만 나가 볼게요. 참, 소문이 나쁘게 나진 않았어요. 상처한 뒤로 늘 힘들어하시는 대표님이 어서 짝을 찾아야 한다는 의견이 다수였어요."

"고마운 일이네요."

나가려다 잠시 멈칫한 실리완이 아주 재미있는 이야기를 하나 건넸다. 회사 사정에 밝은 비서실과 전략기획실 직원들이 인기투표를 했단다.

소이치로의 짝으로 누가 가장 적당한지.

물론 그 대상은 투표에 임한 모든 여직원들이었고 강력한 후보로 몇몇 커리어 우먼들이 거론되었다고 했다. 그런데 대답은 하지 않고 씩 웃는 것을 보며 짐작이 됐다.

'전 그거로 만족해요'라는 말을 던지고 나가는 실리완을 보며 이만하기 참 다행이라는 생각이 들었다.

이러나저러나 참 고맙고 아름다운 여성이었다.

* * *

"식사는 하셨습니까?"

"네. 준비하느라 좀 늦었어요."

"근데 복장이?"

"바로 앞방이거든요. 1102호."

이부용이 왔다.

예상보다 늦은 밤 8시에.

그런데 평소와 달랐다. 평상시에도 화장을 짙게 하는 편은 아니지만 밤이라서 그런지 화장을 이미 다 지운 상태였다.

인형 같은 얼굴이 화장 기술의 결정판인 줄 알았는데, 맨얼굴에도 자신감을 가질 만한 피부와 이목구비였다.

게다가 잠옷 차림이었다. 같은 호텔을 잡은 것은 알고 있었지만 이렇게 간편한 복장으로 건너올 줄은 몰랐다.

"어디가 좋을까요?"

"일정한 형식이 필요한가요?"

"네. 전에 말씀 드렸잖아요."

무엇을?

순간 당황했으나 조각을 맞출 수 있었다.

그녀의 예지 능력은 만신이었던 모친에게서 이어진 것이다.

그렇다면 점을 치거나 굿이라도 한단 말인가?

일단 존중해야 하기에 두 손을 펴 보이며 뭐든 편하게 해 보라는 제스처를 취했다.

그런데 그녀는 소파도 침실로 들어가더니 담요를 하나 꺼내 와 창가 앞에 넓게 깔았다.

그리고는 가부좌를 틀고 앉더니 무심코 툭 던졌다.

"제가 시키는 대로 다 할 거죠?"

"그러려고 오신 거 아닙니까?"

"그럼 제 앞에 저랑 똑같은 자세로 앉으세요. 아주 오래 전에 엄마가 쓰시던 방법인데 될 거라고 믿어요."

다소 어색할 것 같았으나 일단 시키는 대로 했다.

그런데 마주 보고 앉는 게 아니었다.

그녀 앞에 등을 보이고 가부좌를 틀고 앉는 것이었다.

눈을 감고 무념 무상한 상태를 유지하라고 말했는데, 그게 쉽지 않았다. 곤두선 감각에 포착된 묘한 소리 때문이었다.

그건 그녀가 잠옷을 벗는 소리였다.

방금 전에 돌아앉을 때 확인했는데, 눈을 뜨면 창에 그녀의 모습이 그대로 비칠 것이다.

하얀 나신일지도 모른다.

그래서 더 눈을 꼭 감아야 했다.

"집중하세요."

"아, 네."

얼마의 시간이 흘렀을까?

사실은 그리 길지 않은 시간일지도 모르나 마치 잘못을 한 어린아이가 엄마에게 혼나기를 기다리는 것 같은 심정이었다.

하지만 그녀가 아무 행동도 취하지 않는 이유가 자신이 평정심을 유지하지 못하고 잡념에 휩싸였기 때문이라는 생각이 들자 얼굴이 화끈거렸다.

퍼뜩 정신을 차린 소이치로는 마음을 가다듬고 평안을 찾으려고 노력했다. 작정하자 그리 어려운 것도 아니었다.

"제 손이 닿을 거예요. 가만히 계셔야 해요."

"……."

그녀의 두 손이 등에 닿았다.

그 순간, 갑자기 하나의 영상이 눈앞에 펼쳐졌다.

너무 놀라 움찔하는 바람에 푹 사라졌으나 이내 다시 집중하자 아까는 미처 인지하지 못했던 미세한 기운이 그녀에게서 전해졌다.

그리고 또다시 영상들이 나타났는데, 그녀가 무엇을 말하고자 했는지 이해가 됐다.

병원에 누워 신음하는 환자들이 보였고 병원이 아닌 넓

은 광장에 줄지어 누운 사람들의 모습도 보였는데, 시체였
다.

장작을 태우고 있었는데, 가만히 들여다보니 그건 화장
을 하고 있는 끔찍한 장면이었다. 매캐한 연기가 하늘을
뒤덮고 사방을 에워싸는데, 아무리 태워도 시체는 줄지 않
았다.

"보이나요?"

"네. 정말 이런 일들이 일어날까요?"

"저도 믿고 싶지 않아요. 조금 더 상세한 장면들을 볼래
요?"

고개를 끄덕였다.

그 순간, 또다시 영상이 끊어졌다.

왜냐면 이번에는 손이 아닌 몸이 닿았기 때문이었다.

하지만 어깨에 놓인 그녀의 손이 말했다.

어서 집중하라고.

그리고 더 끔찍한 여러 장면들을 보게 되었는데, 그건
전염병이 창궐한 세계 곳곳의 참상이었다.

하지만 그런 부정적인 장면만 있는 것은 아니었다.

마스크를 쓴 사람, 방호복을 입고 치료를 하는 의료진,
텅 빈 거리와 집에 틀어박혀 답답해하는 사람들, 그리고
질병을 극복했는지 활짝 웃으며 기뻐하는 사람들의 모습도

보였다.

"여기까지예요."

"아!"

"잠깐만 기다리세요."

정상으로 돌아왔다.

하지만 소이치로는 여전히 눈을 감고 기다렸다.

굳이 돌이켜보고 싶지 않지만 그녀가 의식을 치를 때 몸이 닿으면 동화가 된다는 것을 알게 되었다.

닿는 부분이 넓을수록 공감이 커진다면 그 이후의 상상력이 나래를 폈지만 이내 고개를 저으며 떨쳐 버렸다.

그녀의 음성이 멀찍이 들렸다. 이제 끝났음을 깨닫고 눈을 뜨고 고개를 돌린 순간에 터진 이부용의 음성에는 당황한 빛이 역력했다.

"언니!"

"끝났어?"

"네. 오해는 하지 마세요."

"무슨 오해? 뭘 했는지 다 봤는데."

그 말이 더 무서웠다.

뭘 봤다는 것인지, 왜 그런 행동을 했는지 알고 있는 것인지가 불분명했기 때문이다. 하필이면 서로 마음을 터놓은 오늘 이런 상황이 빚어질 건 또 뭔가!

하지만 소이치로는 아무 일도 없다는 듯 연이채가 앉아 있는 소파로 다가와 곁에 앉았다. 그리고는 인사부터 건넸다.

"프로젝트는?"

"다들 제가 없어도 된다고 밀어내서 왔어요."

"음…… 잘 왔네. 직접 보니까 아주 끔찍하더라고."

"전에 말했던 전염병 말인가요?"

"응. 이 관장님이 설명을 좀 해 주시죠. 전 와인을 가져오겠습니다."

떳떳하지 못할 이유가 없었다.

다행히 이부용은 관련된 이야기를 소상하게 설명했고 연이채는 진지하게 경청했다. 소 대표가 와인을 따라 건네주자 입을 축이며 앞뒤 상황을 모두 들었다.

그렇다면 오해할 여지는 사라졌는데, 연이채도 역시 보통은 아니었다.

"난 이 관장을 믿어. 하지만 선은 지켜 줬으면 좋겠어."

"어쩔 수 없었어요."

"방법을 찾아보면 되잖아. 소문 들었지?"

"네. 축하해요."

"그러니까 조금만 더 신경 써 줘. 아까처럼 맨살이 닿지 않아도 가능하지 않을까?"

"연구해 볼게요. 아니, 그렇게 할게요."

꿩 잡는 것이 매라고 했던가!

소 대표에게는 한 치도 물러서지 않는 이부용이 사촌언니인 연이채에게는 순순히 따르겠다는 의사를 밝혔다.

가운데서 괜히 어색해졌지만 결과적으로는 잘된 일이었다. 그래서 그 얘기가 더 나와 번거로워지기 전에 화제를 바꿨다.

바로 오늘의 주제인 바이러스 전염병을 잡기 위해 SSL 바이오가 어떤 사업 방향을 잡는 것이 좋을지 의논한 것이다.

"집단 면역을 이루려면 백신이 필요할 것 같습니다."

"치료제부터 연구하는 게 급선무 아닐까요?"

"다 해야죠. 하지만 백신이든 치료제든 바이러스에 대한 파악과 연구가 선행될 때나 가능한 일이죠. 갑자기 닥쳐와 번지기 시작하면 가장 시급한 일은 전염을 막을 방법부터 찾아야 할 것 같습니다."

"봉쇄와 철저한 추적이 필요할 것 같아요. 성능 좋은 마스크도 만들어 비축할 필요가 있을 것 같고요."

하나둘 의견이 모아지기 시작했다.

장기적인 플랜, 단기적인 다양한 대처 방안이 논의되었고 가장 중요한 것은 역시 질병의 발원지부터 파악하는 것이었다.

그게 선행된다면 번지기 전에 제어할 수도 있을지 모른다는 판단을 내릴 수밖에 없었고, 한시가 급한 그 지시를 내리지 않은 자신의 해이함도 돌아볼 필요가 있었다.

그렇게 논의가 끝나고 이부용은 돌아갔다.

"저 와인 좀 더 마셔도 되죠?"

"아니."

"왜요?"

"이리와."

"자, 잠깐만요!"

이 얼마나 기다렸던 순간인가?

하지만 연이채는 달려드는 소이치로를 피해 도망을 다녔다. 물론 그건 뜨거운 둘의 첫날밤을 지피기 위한 불쏘시개가 되었다. 샤워도 하지 않고 깊은 정을 나눴으니까.

또한 오랜만의 회식이 1차에서 끝날 리가 없었다. 방음이 훌륭한 특급 호텔이기 망정이지, 여러 사람 밤잠을 설치게 만들 매우 시끄럽고 원초적인 행위가 자행되었다.

\* \* \*

"윤 실장. 이건 정말 중요한 사안이야."

"무슨 말씀이신지 충분히 이해했습니다. 하지만 인력이 부족합니다. 충원을 해도 되죠?"

"얼마든지. 바이오의 보안 단계를 최고 수위로 강화해."

"아! 그래야 되겠네요. 그런데 그거 정말입니까?"

"뭐?"

"어제 그 일."

"그러니까 어제 뭐?"

"에이. 아시면서."

"그래. 나 어제 연 단장과 한 이불 덮고 잤다. 왜?"

"네에?"

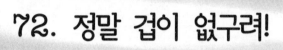

# 72. 정말 겁이 없구려!

# 인생 2막,
## 섬나라 재벌로!

일렉트로닉스로 시작한 SSL 그룹은 건설, 대체에너지, 온라인 쇼핑으로 기반을 잡았다.

보다 체계적인 기업으로 거듭나려면 보안과 정보에 특화된 조직이 필요하다는 판단하에 세이프티를 출발하게 되었다.

윤석호와 안승태가 합류하면서 SSL의 피를 맑게 하는 본연의 역할을 충실히 이행했다. 차논이 운용하던 S1이 수족 역할을 할 수 있었던 점도 매우 유용했다.

그런데 그 이후에 시작한 바이오, 히타치로부터 가져온 건설기계, DIC, 투자금융, 모터스까지 출범하면서 세이프티는 격무에 시달리게 되었다.

용량을 오버하는 업무를 수행하다 보면 빈틈이 생길 수밖에 없다. 미오의 사고도 그런 측면에서 짚어 볼 필요가 있다.

때문에 세이프티의 역량 강화는 선택이 아니라 필수였다.

"윤 실장이 알아서 잘해낼 겁니다."

"네. 저도 그렇게 생각합니다. 하지만 순진한 구석이 있으니 사장님이 이중으로 체크를 하셔야 할 겁니다."

"네. 업무의 특성상 아무나 들일 수는 없죠."

"들으셨겠지만 문제는 바이오입니다."

"정말 그런 일이 일어난다면 세계 경제가 멈출 수도 있지 않을까요?"

"네. 특히나 내수 시장이 작고 무역으로 버티던 나라들은 아주 큰 어려움을 겪을 가능성이 높습니다."

"한국이 대표적이겠군요!"

단연 전염병이 가장 큰 화두였다.

아직은 최측근들만 알고 있으며 극비리에 조사에 착수했으나 실감이 나지 않는 일이었기에 막연한 두려움에 처했다.

그런데 소이치로는 비근한 예로 흑사병을 들었다. 당시

세계 인구의 3분의 1을 사라지게 만들었던 혹독한 질병이다.

그 당시와 비교할 수 없을 정도의 커다란 의학 발전을 이뤘지만 그래도 쉽게 대처하지 못할 것이라는 예측은 한참 성장 중인 SSL 입장에서도 결정적인 변곡점이 될 수 있다.

"혹시 생화학 무기로 다뤄질지도 모릅니다."

"생화학 무기 금지 협약이 있지 않습니까! 박테리아, 바이러스, 독소 등의 개발, 저장, 획득, 비축, 생산, 이전을 금지하고 보유한 것도 완전 폐기하는 협약에 우리는 물론 북한도 가입했는데, 대체 어느 나라가?"

"감이 오십니까?"

말은 그렇게 했지만 그 대상은 명확해졌다.

핵확산 금지조약(NPT), 화학무기 금지협약(CWC)처럼 대량살상무기 금지 협약이 있어도 그걸 이미 보유한 나라가 있다.

지들은 보유하고 있으면서 다른 나라들은 개발은커녕 보유조차 못하게 하는 그런 짓을 벌일 수 있는 나라는 극소수다.

민주국가는 차후 국민들의 심판을 받기 때문에 그럴 수가 없다. 그렇다면 가능한 나라는 러시아, 중국, 북한 정도다.

북한은 핵 때문에 악의 축 이미지가 굳어졌으나 핵개발
에 국가의 모든 역량을 쏟아부어 그런 짓을 할 가능성이
낮다. 또한 러시아도 굳이 그럴 개연성이 낮은데, 문제는
중국이다.

"아무리 패권을 쥐고 싶어도 그렇죠, 감히 그런 짓을 할
수가 있을까요?"

"무기로 만들어 투하할 수는 없지만 치료를 위한 대안만
확보하고 있다면 그보다 강력한 구속력은 없을 겁니다."

"생명보다 돈이 더 귀할 수는 없겠죠. 다들 살려 달라고
아우성을 칠 테니까. 하지만 수작질이 발각되면 전 세계
공공의 적이 될 텐데……."

"그래서 난 중국이 자멸의 횡단열차를 타는 짓이라고 생
각합니다. 아무리 미리 준비해도 그들의 과학 역량은 아직
일천하기 때문입니다."

유전자조작이든 뭐든 인류를 위기에 빠뜨릴 매우 위험한
바이러스를 만들어 퍼뜨린다. 모두가 고통에 절규할 때 구
세주처럼 나타나 치료제든 백신이든 공급하며 주도권을 잡
는다.

그럴싸하지만 그런 구상이라면 무지의 소치다.

스스로의 능력을 과신하고 선진 국가들의 과학기술 역량
을 무시하는 발상인데, 그들이 할 수 있다면 선진 국가들

도 결과를 도출해 낼 것이다.

시간이 필요할지는 몰라도 그게 객관적 사실이다.

그런데 자신이 본 예시와 이 예상은 상당한 괴리가 있었다. 왜냐면 중국 인민들도 고통에 절규하며 죽어 나갔기 때문이다.

"이 관장이 이런 표현을 쓰더군요. 금단의 벽을 허문 매우 우매한 짓이 될지도 모른다고."

"감당도 못할 짓을 저질러 역습을 당하는 겁니까?"

"어떻게 진행될지는 두고 봐야겠지만 국가 주도의 구상이 아닌 몇몇 미치광이의 기괴한 발상일 수도 있습니다."

"이제라도 그 모든 예상이 틀리기를 바랄 뿐입니다."

"그게 좋겠죠. 하하하!"


일본으로 향하는 비행기에 올랐다.

업무 주관자인 안승태가 합류했고 다들 각자의 업무에 바빠 이번에도 비교적 한가한 따능이 수행비서로 합류했다.

늘 붙어 다니던 야마토가 이젠 히타치의 핵심 중역으로 활약하느라 함께하는 시간이 허락되지 않는 것이 아쉬웠다.

또한 마음의 결정을 내린 마당인데도 여전히 만약의 사

태를 대비하기 위해 실리완이나 따능 중에 한 명이 동석하는 것도 께름칙한 일이긴 했다.

하지만 연이채도 동의했다. 소 대표의 안위는 그저 한 여자의 남자에서 그치지 않기 때문이었다.

그런데 셋이 나란히 앉았고 두 남자가 심각한 대화를 나누는데, 따능은 마치 남의 일인 양 관심도 보이지 않아 소이치로가 먼저 말을 걸었다.

"따능. 넌 어떻게 생각해?"

"제가 이렇게 말하는 것이 불편하게 들리실지 모르지만 전 그 일련의 사건들이 우릴 세계적인 기업으로 인정받게 만들 절호의 기회라고 생각해요."

"왜?"

"우린 미리 알고 대비하잖아요. 그리고 그 누구보다 정확하게 본질을 파악해 해결책을 제시할 거니까요."

"우리 바이오는 아직 경쟁력을 갖추지도 못했는데?"

"이미 상용화된 기술을 따라잡는 데 시간이 좀 걸리겠지만 새로운 시도는 아무나 할 수 있는 게 아니잖아요."

"새로운 시도라……."

그 말을 하는 따능이 소이치로를 뚫어져라 쳐다봤다.

마치 네 존재 자체가 해결책이라고 말하는 것 같아 당황스러웠다. 비록 이부용의 예지를 함께 보고 사태의 심각성을 인지했지만 해답에 대한 생각은 여전히 오리무중이었다.

관련 지식이 있는 것도 아니고 막막하기는 매일반이었다. 오히려 책임자로서 어깨만 무거울 뿐인데, 늘 긍정적인 따능이 부럽다는 생각이 들었다.

"보스. 저 새로운 재능이 생긴 것 같아요."

"무슨 소리야?"

"말로 표현하기는 좀 힘든데, 이게 다 보스 덕분이에요."

"나는 또 왜 물고 늘어져."

"보스랑 기운을 주고받는 것이 저에게는 매우 큰 도움이 되거든요."

장난으로 받아들였는데, 그게 아니라는 것을 알고 기다렸다. 지나치게 강한 음기를 지닌 따능은 지금처럼 곁에 앉아만 있어도 서로의 기운이 교류하는 현상이 일어난다.

예전에는 소이치로도 그런 작용을 감지하지 못했다. 그런데 제반 능력이 상승하고 실리완과 많은 시간을 공유하면서 차츰 인지하게 되었고, 따능과 몇 번의 동행을 통해 그 현상을 정확히 파악하게 되었다.

본인만 그런 줄 알았는데, 민감한 따능도 예외는 아니었다. 여하튼 새로운 재능의 발견은 바람직했기에 그녀 스스로가 밝힐 때까지 기다렸다.

그런데 말이 아닌 행동으로 보여 줬다.

따능에게서 돌연 차가운 기운이 집적되는가 싶더니 그게 쏜살처럼 날아가 입구 쪽에 앉아 있던 보안요원에게 꽂혔다.

"으아아아악!"

갑자기 비행기에 난리가 났다.

보안요원이 거품을 물고 쓰러져 연신 비명을 지르고 있었기 때문이다. 그 어떤 외부의 공격도 없는 상황에서 갑작스레 발작 증세를 보여 승객들은 물론 승무원들까지 어수선했다.

그 짓을 하고도 배시시 웃는 따능을 본 소이치로는 얼른 문제를 해결하라는 눈짓을 보냈다. 그런데 돌아온 대답은 간지러운 귀엣말이었고 그 내용은 디 기가 막혔다.

"당장 위험할 일은 없어요."

"어허!"

"이 결계를 풀 수 있는 사람이 저 외에 한 명 더 있어요."

"따능!"

"보스도 해 보세요. 어떻게 할지 마음의 결정을 내리고 내기를 운영하시면 의외로 쉽게 될 거에요. 저보다 몇 배는 고수이시니 이참에 직접 배워 보세요."

"나중에 해 볼 테니까. 일단 저 사람부터 구해!"

도저히 안 되겠다 싶어 따능의 손을 꽉 움켜쥐었다.

그 순간, 기다렸다는 듯 따능이 기운을 운용했고 이번에는 보안요원 근처에 몰려 있던 승무원들 3명이 모두 쓰러졌다.

그들은 비명조차 지르지 못하고 그대로 혼절해 버렸다. 사람에게 손을 대지도 않고 거리를 둔 상황에서 이렇게 공격을 할 수 있다는 사실이 무서우리만큼 신기했다.

하지만 사람이 다쳐 쓰러진 이 상황을 그렇게 받아들일 수는 없었다. 급기야 화가 치민 소이치로가 따능을 무섭게 노려봤는데, 이번에도 씩 웃었다.

"이미 방법을 가르쳐 드렸잖아요!"

"방법?"

그랬다.

손을 잡는 순간 그녀가 어떻게 기운을 운용했는지 인지했다. 그렇다면 자신도 할 수 있다는 의미였다.

백 마디 말보다 강력한 시범을 직접 보여 준 것이다.

그 방법이 독특한 그녀의 캐릭터만큼이나 과격한 점은 짚고 넘어가야겠지만 일단은 사람부터 구하고 봐야만 했다.

방법을 알아도 가벼이 시도할 수는 없었다. 행여 실패해

인명의 손실을 볼 수는 없었기 때문이다.

집중하고 집중해 보안요원부터 구했다.

어렵지 않았다. 기운의 형성은 최초의 의지에 달렸을 뿐, 따능이 말한 것처럼 마음이 가는대로 움직이는 기운의 운용은 말로 형용하기 힘든 짜릿함을 선사했다.

그 즉시 나머지 승무원들도 치료에 성공했다.

"어때요?"

"무섭군!"

"저 이제 그룹 비서실로 옮겨 주세요."

"안 돼."

"다 배웠다 이건가요?"

"네 능력을 생산적인 방면으로 키워야지. 내 안위는 이미 담당하고 있는 요원들이 있잖아."

"혹시 연 단장 때문인가요?"

"아니야."

"그럼 해 주세요. 안 해 주면 저 사표 쓸 거예요."

"따능!"

"그래야만 할 것 같아서 그래요. 아빠도 괜찮은 생각이라고 하셨다고요!"

"그래?"

차논 어르신이 그리 말씀하셨다는 말에 한 발 물러났다.

그녀의 능력은 자신의 안위를 확보하는 마지막 보루가 될 수도 있다. 그 누구도 짐작할 수 없는 변수이기 때문이다.

그런 측면만 본다면 받아들일 수도 있다. 하지만 이미 밝혔듯, 따능의 재능을 그렇게 쓰는 것이 아깝다는 생각을 지울 수 없었다.

상대의 숨은 생각을 읽어 내고 파악한 뒤에 자신의 의지대로 현혹하는 각별한 재주는 절대 흔한 것이 아니기 때문이다.

그런데 그녀는 이미 준비하고 있었던 것 같았다.

"제가 잘할 수 있는 것은 보스 옆에서도 적용 가능하다고 생각해요. 다 직접 하시려고 하지 말고 저에게 맡기세요."

"잘해낼 자신 있어?"

"노력할게요. 보스가 분명한 지침을 내려 주시면 되잖아요."

"오케이."

"그리고 기대하셔도 될 거예요."

"무슨 기대?"

"연 단장님이 걱정하실 일은 절대 없을 거고 조금 전에 보여드렸던 그 무섭다는 재능은 차후 진짜 무서운 능력으로 성장할 수 있다고 생각해요. 제가 보스 곁에 머무는 것만으로."

그 말은 실제로 기대감을 품게 했다.

솔직히 따능은 매우 부담스러워 가급적 시간을 공유하지 않으려고 애썼다. 실리완이 그 마음을 헤아려 조절을 잘했다.

그럼에도 불구하고 따능은 스스로 방향을 잡아냈다. 자신과 소 대표를 위해 무엇을 어떻게 해야 하는지 가장 좋은 방법을 찾아냈고 실질적인 가치를 인정받기에 이른 것이다.

안승태의 호위와 윤원호의 지원, 게다가 따능까지 합해진 지휘부는 이제 완벽한 조합을 갖췄던 것이다.

그 긍정적인 효과는 일본에서 드러나기 시작했다.


"정말 겁이 없구려!"

"겁을 낼 이유가 있어야 겁을 먹죠. 오랜만입니다. 하루토."

"겁을 낼 이유가 없다? 뻔뻔한 것이오? 아니면 자신의 능력을 과신하는 것이오?"

"목이 마르군요. 커피 좀 한 잔 부탁드립니다."

"도로시! 난 아이스 아메리카노!"

"저도 시원한 거로 부탁합니다. 설탕은 두 스푼!"

도쿄에 도착한 소이치로는 곧바로 도쿄도 지요다구에 위치한 미쓰이 빌딩으로 향했다. 삼정물산(三井物産)은 오늘의 미쓰이 그룹이 있게 만든 뿌리가 되는 기업이다.

그 빌딩을 마주한 도로 건너편에 얼마 전 해체된 미쓰이 스미토모 파이낸셜그룹 본사 빌딩이 서 있는 적진의 한가운데 제 발로 찾아간 것이다.

시원한 커피로 목을 축일 때까지 긴 침묵이 이어졌다.

하루토는 스미토모 가문을 앞세워 미쓰이 그룹을 몰아세우는 원흉이 아유카와 소이치로라는 것을 알고 있었다.

여하한 방법으로는 도저히 불가능한 그걸 해낸 사실이 믿기지 않지만, 그러고도 떡하니 자신의 사무실을 찾아와 커피까지 얻어 마시는 소이치로를 절대 무시할 수 없었다.

"하루토 이사. 적당히 물러서시죠!"

"물러서라고? 그게 지금 내 앞에서 꺼낼 수 있는 말인가?"

"난 당신이 나를 잡기 위해 추잡한 짓을 하지 않는 것만으로도 만족하고 있습니다."

"추잡한 짓? 네가 어떤 인물인지 익히 아는데, 그런 짓으로 내 얼굴에 침을 뱉고 싶지는 않을 뿐이다."

"좋습니다. 여하튼 기회를 드리고 싶습니다."

"기회? 기회라는 것은 양보가 전제되어야 하는데, 넌 지금 내게 무엇을 양보할 수 있지?"

"첫째, 신탁은행 업무를 제외한 나머지 기능은 유지하도록 배려하겠습니다. 화재보험을 포함."

"그게 어떻게 양보안이 될 수 있지?"

"둘째, 히타치와 양분하고 있는 철도차량 관련 사업을 통합해 경쟁 없이 경영할 수 있도록 조치하겠습니다."

"철도 사업? 그건 바람직하군!"

"셋째, 미쓰이 상선이 해운업계 선두가 되도록 지원하겠습니다."

"그건 또 무슨 소리지?'

첫째 조건은 양보가 아니라 협박에 가까웠다.

스미토모와 합병하기 전에 미쓰이 신탁은행은 업계 4위, 스미토모가 업계 1위였던 것은 사실이다.

하지만 미쓰비시의 추격이 두려워 먼저 손을 내민 것은 스미토모였다. 그런데 이제와 알맹이를 뺀 빈껍데기만 가져가라니, 말도 되지 않은 주장이었다.

그러나 중요한 것은 이미 건질 게 남지 않은 실정이라는 점이다. 기본적인 뱅킹 업무와 화재보험이라도 살려 놔야 그룹의 자금 운용이 가능하기에 울며 겨자 먹기를 하란 강요였다.

그나마 철도 사업 합병은 경영 합리화 측면에서 양보라고 볼 수가 있다. 문제는 미쓰비시를 언급한 세 번째 조건이었다.

"혹시 미쓰비시가 타깃인가?"

"아직도 그걸 몰랐다면 실망스럽군요."

"으음! 말이 쉽지. 그건 정말⋯⋯."

"불가능한 게 아닙니다. 그 추악한 한 몸 바쳐 여러 기업들이 회생할 수 있다면 그 또한 천명을 다하는 나름의 의미가 있지 않을까요?"

"그래서 그런 사고가 났던 것인가?"

그가 언급한 사고란 바로 소이치로가 처자식을 잃은 교통사고를 의미하는 것이었다. 대놓고 그런 민감한 것을 물을 줄은 몰랐기에 적잖이 당황했다.

하루토도 역시 녹록한 인물은 아니었다. 이 와중에도 소이치로의 반응을 체크하며 운신의 폭을 넓히려는 요량이었다.

하지만 상대를 잘못 골랐다. 그의 의중을 알지만 소이치로는 자신의 감정을 여과 없이 드러냈다.

그건 바로 분노였다!

옆에 앉아 보좌하고 있던 따능도 움찔할 정도의 강력한 기운이 휘몰아쳤으니 그 대상인 하루토가 멀쩡할 수는 없었다.

"그, 그만하시오!"

"왜? 여긴 당신 안방이다 이건가?"

"그렇소. 나를 염려하는 이들이 예상보다 훨씬 많지."

"그래? 하지만 입을 가벼이 놀린 대가는 당신이 치러야지. 왜 아무 죄도 없는 수하들에게 떠넘기는 것이오?"

"으으윽……. 내가 경솔했소. 하지만 사실 관계를 확인해야 나도 방향을 정할 게 아니오!"

"미쓰이 그룹이 동참하면 좋겠으나 그게 절대적인 조건이 되지 않는다는 사실을 간과하지는 마시오."

그 말과 함께 소이치로가 자리에서 일어났다.

문제는 하루토의 상태가 심상치 않자 회의실 문이 벌컥 열리며 2명의 건장한 남자들이 뛰어 들어왔다는 것이다.

하루토의 경호원으로 보였다. 하지만 그자들은 문지방을 넘자마자 푹 꼬꾸라지고 말았다. 눈동자가 허옇게 돌아가고 사지를 흔들며 발버둥 쳤지만 비명 소리는 터지지 않는 기괴한 장면이 펼쳐졌다.

조용히 따라 나서던 따능의 작품이었다.

소이치로의 분노에서 풀려난 하루토도 수하들의 참전이 기껍지 않았다. 어설픈 반항은 더 큰 피해를 불러올 것 같았기 때문이다.

"소이치로 대표!"

"내 경고를 가벼이 여기지 마시오!"

그 말을 던지고 밖으로 나가자 그제야 혼자 발광을 하던 경호원들이 잠잠해졌다. 그대로 정신을 잃고 만 것이다.

하루토의 비서가 이대로 보내느냐고 뒤늦게 난리를 쳤지만 한 타임 늦은 비겁함에 대한 대가는 하루토의 주먹이었다.

확실한 경고의 메시지를 남긴 소이치로가 아무런 제지도 받지 않고 그 자리를 떠난 뒤, 하루토는 주변을 물리고 자신의 방에 틀어박혀 고심에 빠졌다.

"그냥 이지를 제압해 버리지 그러셨어요?"

"소용없어. 제2, 제3의 하루토가 등장할 거야. 차라리 말귀를 알아먹을 가능성이 높은 놈에게 기회를 주는 게 나아."

"꽤 싸가지가 없어 보이던데……."

"일본어는 언제 익혔어?"

"한국어는 더 잘해요. 호호호!"

머리가 좋다는 생각은 하지 않았다.

하지만 따능은 이때를 기다린 것처럼 준비가 되어 있었다.

방금 전 하루토의 경호원들을 제압한 것도 시기적절했

다. 그 와중에 자신이 힘을 썼다면 보기 불편했을 것이다.

그러나 영문도 모르게 당하는 광경은 하루토로 하여금 불안감을 증식시키고 어디에 줄을 서야 하는지 깨닫게 해 줄 것이다.

그러나 정확한 상황을 목격하지 못한 안 사장은 만약의 경우에 대한 우려를 나타냈다.

"놈이 저쪽에 붙을 가능성은 없습니까?"

"있죠. 하지만 그러지 못할 겁니다."

"그래도 혹시 모르니 요원을 한 명 붙이겠습니다."

"안 그래도 인력이 딸리는데, 그럴 필요 없습니다. 놈은 겁을 집어먹었습니다."

"아! 네."

여러 방안을 고려했다.

스미토모와 후요 가문을 끌어들여 삼각 연합을 완성했지만 독이 오른 미쓰이가 미쓰비시에 붙는다면 의외의 결과가 나올 수도 있다.

때문에 미쓰이의 두뇌 역할을 하는 하루토의 처리는 중요했다. 모모에는 아예 미쓰이의 자금줄을 끊고 주요 계열사를 압박하는 카드를 제안했지만 그게 오히려 역효과를 낳을 수도 있다는 생각이 들었다.

그래서 위험을 무릅쓰고 적진의 한가운데로 쳐들어간

것이다. 의외로 등잔 밑은 어두웠고 예상한 것보다 좋은 결과가 나올 것 같았다.

'일단 미쓰비시부터 잡고 보자!'

미쓰비시 다음으로 이가 갈리는 전범 기업은 미쓰이와 스미토모다. 그러나 현실적으로 그들을 모두 상대하는 것은 불가능했다.

히타치 또한 그 원죄에서 자유로울 수 없기 때문에 그들을 단죄하는 것은 아유카와 가문의 적장자로써 너무 무거운 과제였다.

그래도 일단 현실적인 문제와 연계해 가장 큰 대적인 미쓰비시를 무너뜨리면 최소한의 평정심은 얻을 수 있을 것이라고 생각했다.

"보스. 이부용 관장 전화에요."

"그녀가 왜?"

이제 SSL 투자금융으로 길을 잡았다.

그런데 느닷없는 연락이 왔고 이부용은 뜬금없이 어젯밤 꿈에 대한 이야기를 했다. 동쪽에 액운이 끼었고 양기가 넘치는 곳을 피하라는 소릴 했는데, 가벼이 받아넘길 수 없었다.

적어도 그녀와 함께 경험한 예지능력은 거짓이 아니었기

때문이다. 통화를 마치고 잠시 생각을 정리하던 소이치로
는 불현듯 떠오르는 생각이 있었다.

"임 팀장. 차를 저기 편의점 앞에 좀 세우십시오."

"네."

"안 사장님. 지금 즉시 가용한 요원들을 모두 모아 마루
노우치 빌딩을 넓게 포위하라고 전하십시오."

"무슨 일이 있으십니까?"

"아무래도 놈들이 움직인 것 같습니다."

"그럴 리가요! 미쓰비시 주요 인사에 대한 감시를 철저
히 펼치고 있는데…… 알겠습니다!"

최근 인원을 충원하긴 했지만 그래도 24명에 불과하다.
애당초 미쓰비시의 움직임을 다 포착할 수는 없는 구조였
다.

게다가 소이치로가 일본을 방문한 시기를 포착해 기습까
지 노린다면 허술하게 준비했을 리 만무했다. 그래도 그게
사실이라면 조직의 허술함을 인정하는 셈이니 일단 부정했
지만 그렇게 넘길 수 있는 사안이 아니었다.

깊이 생각해 보면 충분히 가능한 일이기 때문이다. SSL
투자금융사는 히타치 본사가 아닌 그 옆에 붙은 작은 주상
복합빌딩에 입주해 있어서 보안에 취약할 수밖에 없다.

소 대표가 거길 방문할 때마다 외부에 세운 주차 전용

건물에 차를 대고 이동하는데, 그 통로가 터널로 이어져 있어 앞뒤를 막고 작정한 채 덮친다면 매우 위험했다.

"혹시 주차장에서 빌딩으로 이어지는 이동로를 노리는 걸까요?"

"네. 그 터널이 낮에는 햇살이 따갑게 비치는 공간이고 방향이 동쪽입니다."

"이런!"

도쿄 중심가는 수많은 인파와 CCTV들이 있다.

때문에 누군가를 저격하기 힘들다.

상대가 유명인이라면 더더욱 조심할 수밖에 없는데, 그나마 막바지에 몰린 놈들이 발악하기엔 적절한 장소였던 것이다.

다행히 미쓰비시도, 미쓰이도, 히타치까지 도쿄 중심가에 위치해 있어 요원들의 이동 시간이 길지 않았다.

이단 명령이 하달되고 작전을 구상하는 단계에 이르자 다시 차량이 이동했고, 차는 마루노우치 빌딩이 아닌 히타치 본사 빌딩으로 들어섰다.

"놈들이 눈치를 챌 겁니다."

"네. 하지만 쉽게 포기하지도 않을 겁니다."

"그럼 어떻게 하시려고요?"

"이동해야죠. 걸어서."

"너무 위험합니다."

"걱정하지 마십시오. 놈들이 덮칠 수 있는 공간은 하나뿐이니까요. 저는 히타치 방향인 남쪽 통로로 진입할 겁니다."

"그럼 1층 로비를 장악하려고 하겠군요."

"그렇죠. 가장 통행이 적죠. 대부분의 상가는 동서 방향이고 남쪽은 공원이니까요."

작전이 나왔다.

세이프트 정예 요원들을 남쪽 로비와 이어진 1층 스타벅스 매장과 치과병원의 후문에 집결해 두는 것이다.

증거를 남기지 말아야 하는 놈들은 상가에 진입할 생각은 하지 못할 것이며 기껏해야 위장한 채로 미리 로비 곳곳에 배치될 것이다.

아니, 놈들을 제외한 일반인의 출입을 교묘하게 막을 것이 분명했다. 걸리적거리는 놈들은 다 한 패라고 봐야 했다.

그런데 예기치 못한 일이 벌어졌다.

"도련님!"

"어? 야마토."

"왜 여기 계십니까? 올라오지 않으시고. 전 보고를 받고도 믿지 않았는데, 언제 일본에 오신 겁니까?"

"야마토. 일단 사무실로 돌아가 있어. 지금 중요한 볼일이 있으니까."

"에이 진짜! 서운하게 왜 이러십니까!"

"농담이 아니야. 정말 중요해. 어서!"

경비 팀이 보고한 것이다.

그들로서는 당연한 임무지만 그걸 미처 생각지 못하고 작전을 준비 중이던 일행은 당황하지 않을 수 없었다.

그나마 눈치 빠른 야마토가 기다리겠다는 말을 하고 올라간 것까지는 좋은데, 작전에 돌입하고 소 대표가 예정된 경로로 이동하는 와중에 뒤에서 료코의 음성이 들렸다.

못 들은 척하고 그냥 가기엔 이미 늦어 작전 개시를 앞당길 수밖에 없었다. 매복한 요원들이 진치고 있던 적들을 덮친 것이다.

자신이 한 손 거들어야겠다고 생각했던 소이치로는 깜짝 놀랐다.

탕! 타타탕!

총성이 울렸기 때문이다.

도쿄 중심가에서.

당연히 도로에 있던 인파들도 동요를 하며 사방으로 피하기 급급했고 그 와중에 마루노우치 빌딩에서 몇 놈이 튀어나왔다.

문제는 놈들이 권총을 들고 있다는 것이었다.

아무리 날고 기는 소이치로라도 당황하지 않을 수 없었다. 그 와중에도 아무 저항력도 없으면서 오빠에게로 달려오는 료코에게 달려가 보호할 수밖에 없었다.

"막아!"

탕! 탕!

몇 발의 총성이 더 울렸고 놈들은 제압되었다.

하지만 서글픈 광경도 목격하고 말았다.

여동생을 보호하려는 소이치로를 다시 보호하기 위해 커버를 치던 안 사장과 따능이 쓰러지는 광경이었다.

피를 봤다.

그 말은 곧 총상을 입었다는 것이었고 료코에게 어서 돌아가라는 말을 넌진 소이치로는 측근들에게로 달려갔다.

따능은 정신이 있었지만 감싸고 있는 허리에서 핏물이 고여 흘러나왔고 안 사장은 이미 정신을 놓은 상황이었다.

어떻게 시간이 흘러갔는지 모르겠으나 구급차를 기다릴 수는 없어 차를 불러 다친 사람들을 태우고 병원으로 달렸다.

"어떻게 된 겁니까?"

"야마토. 네가 여기 병원 상황을 통제 좀 해야겠다."

"타다요시 실장은요?"

"함께 오지 못했어. 할 일이 좀 있어서."

"아! 병원은 우리 경호팀이 완벽하게 지키고 있으니까 걱정하지 마시고 좀 쉬세요."

"알았어. 잘 좀 통제하고 안 사장 수술 끝나면 연락해."

그 말을 남긴 소이치로는 어딘가로 달려갔다.

임현이 조용히 따라붙었으나 어디로 가는지는 묻지 않았다.

그런 것을 물을 상황도, 대답할 것 같지도 않았기 때문이다. 하지만 밖으로 나오자 차량을 찾는 소 대표를 보고는 얼른 나서서 대기하고 있던 차로 인도했다.

그리고 15분 뒤 도착한 곳은 다름 아닌 마루노우치 경찰서였다. 급한 대로 료코의 약혼자인 다쿠야에게 연락했는데, 마침 도쿄 경시청으로 옮겨온 그가 이 사건에 개입하고 있었다.

소이치로는 곧바로 수사부서로 향했고 문을 박차고 들어섰다.

"누구야!"

"나 아유카와 소이치로다. 서장 어디 있어?"

"자, 잠시만 기다리십시오."

호기롭게 소릴 질렀던 자는 과정쯤 되는 자로 보였다.

하지만 소이치로가 제 신분을 당당히 밝히자 바로 표정

부터 바뀌며 달려와 서장에게 오라고 전하겠다는 말을 건 넸다.

1분도 지나지 않아 서장이 나타났다.

다쿠야가 함께 온 것이 그에게는 다행이었을지도 모른 다. 서장은 도쿄 한복판에서 이런 대형 사건이 터진 것만 으로도 머리가 터질 것 같은 표정을 짓고 있었다.

그렇다 보니 실제 사건을 지휘하는 사람은 다쿠야나 다 름이 없었다. 특진을 거듭한 다쿠야는 지금 도쿄도 경시청 의 경시정(警視正)으로 서장과 계급이 같았으며 오히려 본청 에 근무하기 때문에 끗발이 높고 출신 배경도 대단해 왈가 왈부할 입장도 아니었다.

"소이치로. 사고 친 놈들은 이미 다 가뒀고 SSL 요원들 은 조사가 끝나는 대로 다 풀려날 거야. 그러니까 여기서 이러지 말고 서장실로 가자고."

"좋아. 일단 나가자. 서장께서는 잠시 우리가 따로 얘기 할 게 있으니 시간을 좀 주십시오."

"아! 네. 저는 부를 때까지 여기 있겠습니다."

말을 하고도 부끄러웠는지 그는 수사과장 방으로 사라졌 다.

하지만 그가 소이치로에게 쩔쩔 매는 모습을 우습게 생 각하는 사람은 없었다. 그게 강자에게는 한없이 약하고 비굴한 일본인들의 습성이기도 하다.

그런데 서장실로 들어간 소이치로는 1분도 채 지나지 않아 다쿠야와 함께 놈들이 구금되어 있는 구치소로 향했다.

오늘밤 경찰청 경비국으로 호송된다는 말을 들었기 때문이다. 거긴 통상 '제로'라고 불리는 공안경찰의 중앙지휘센터다.

그곳에서 고위 공직자의 비리를 캐거나 야쿠자, 우익단체, 공산주의자, 북한공작원, 외국 범죄조직과 테러리스트, 마약 밀매 조직 등의 뒤를 쫓는다.

수사기관과 정보기관의 성격이 혼합된 점에서 미국의 FBI와 CIA를 합쳐 놓은 파워풀한 조직이라고 할 수 있다. 그런데 소이치로가 거기에 연줄이 전혀 없다는 게 문제였다.

"으아아아악!"

비명이 한 번 터진 뒤로는 한동안 조용했다.

하지만 취조실 내부에 마련된 장비와 소이치로가 내려놓은 스마트폰에는 범죄자들의 진술이 생생하게 녹화되고 있었다.

소이치로가 지목한 6명의 주동자들의 진술을 모두 확보하는 데 걸린 시간은 1시간 남짓이었다.

모든 정황을 파악하자 그 녹음 파일을 즉시 윤원호에게

보냈고 그제야 한숨을 돌린 소이치로는 쓰러져 있는 자들 중에 2명을 지목하더니 다시 한 번 손을 댔다.

"소이치로!"

"걱정하지 마. 이놈들은 아무 것도 기억하지 못할 거야."

"그자들은 왜?"

"바로 이 두 놈이 안승태 사장과 따능의 몸에 총알구멍을 낸 놈들이거든!"

"으음……."

# 73. 마른 침을 삼키다

# 인생 2막,
## 섬나라 재벌로!

놈들의 범죄 동기와 목표, 배후까지 낱낱이 밝혀냈다.

그 생생한 증언만으로도 미쓰비시 가문의 집사이자 삼남인 이와사키 다이키의 죄를 물을 수 있었다.

하지만 소이치로는 다쿠야와 먼저 상의했다. 만약 이들을 경찰청 경비국으로 보낼 경우, 죄를 있는 그대로 밝혀낼 수 있는지 여부를 확인한 것이다.

그런데 놀랍게도 다쿠야는 부정적인 의견을 냈다.

"전혀 엉뚱한 결과를 낼 수는 없겠지만 사건의 경중은 얼마든지 달라질 수 있다고 생각해."

"도쿄 한복판에서 총성이 울렸는데?"

"신문을 봐. 본질과는 다른 부분만 다루고 있잖아. 어떤 신문은 얼토당토않게 야쿠자 권력다툼으로 몰아가는 있어."

"그렇다면 더 잘됐네. 이참에 경찰의 근간을 뒤집어보자."

"소이치로!"

"만만한 일이 아니라는 것은 알지만 미쓰비시를 잡으려면 그들의 철갑 방어벽부터 없애야 해."

이미 증거를 확보한 상황인데, 괜한 짓이라고 봤다.

당장 소이치로를 죽이라고 사주한 다이키를 체포하고 수사 결과를 언론에 알려야 조작을 회피할 수 있기 때문이다.

하지만 소이치로는 마치 사전에 준비한 것처럼 단계적인 구상을 밝혔다.

미쓰비시는 기업의 태동부터 철저히 정권과 밀착해 극우적인 행보를 보여 온 기업이다.

그 위력이 얼마나 대단한지 정치인 중에 그들과 연계되지 않은 사람이 없고 경찰이든, 법조계이든 그들과의 인맥이 없으면 성공하지 못한다는 말이 떠돌 정도다.

때문에 이번 사건을 비호하는 세력까지 일거에 잡아내기 위해서 소이치로는 치밀하고 파격적인 계획을 세웠다.

"일단 네가 가진 정보를 이용해 조사단에 합류부터 해."

"그건 어렵지 않을 거야."

"진행 상황을 수시로 알려 주고 특별한 일이 있으면 바로 연락 줘."

"오케이. 몸 조심해. 한 번 시작하는 게 어렵지, 일단 발톱을 드러낸 이상 두 번 세 번 공격하지 말란 법이 없잖아."

"난 언론이 지켜 줄 거야. 걱정 마."

경찰서에 나오자 어느 새 어둑어둑해진 밤이었다.

히타치 본사로 복귀했더니 료코, 야마토를 비롯한 가문의 주요 인사들까지 모두 모여 있었다.

그도 그럴 것이 처자식을 잃은 지 얼마나 되었다고, 가문의 후계자를 직접 노린 테러가 발생한단 말인가!

회의실로 들어서자 분위기가 사뭇 삼엄했다. 가문의 존망을 걸고 이 사태에 결사 대응해야 한다는 강한 투지가 엿보였다.

애당초 정을 느끼지 못한 이들이었지만 이 순간만큼은 가슴이 뭉클했다.

"고맙습니다. 하지만 우려하시는 비극적인 일은 절대 일어나지 않을 겁니다."

"대체 원흉이 누굽니까?"

"이와사키 가문입니다!"

"네에?"

찬물을 끼얹은 듯 분위기가 얼어붙었다.

그들도 미쓰비시의 강력함을 익히 알고 있기 때문이었
다.

호기롭던 의지가 꺾인 이도 보일 만한데, 그렇지는 않았
다.

시간이 흐르자 오히려 독한 결기가 형성되는 것을 보며
가슴 속에 잠자고 있던 무사의 피가 진동한다는 느낌을 받
았다.

이들이 그런 태도를 취하는 이유가 있다. 미쓰비시의 창
업자인 이와사키 야타로는 정통 명문 귀족 가문의 후손이
아니다.

야타로는 토사 번의 하급 사무라이 출신으로 부친은 지
게로닌(地下郞人)의 신분이었다.

성(姓)을 사용하고 칼을 찰 수 있는 무사의 특권은 있으
나 번에 고용되어 녹봉을 받을 수 없는 신분이었기에 농사
나 상업으로 생계를 유지했다.

그랬기에 일찌감치 공부에 전념해 번의 관료가 되었고
무역 업무를 맡아 서양과의 교역에 눈을 떠 운수사업 등으
로 오늘날의 재벌이 되는 발판을 마련했다.

그 역사를 잘 알고 있는 이들은 속으로 비웃기 일쑤였다.

물론 면전에서 그럴 사람은 섬나라에 한 명도 없었지만.

"일개 낭인 나부랭이가 제 주제도 모르고 존귀한 본가의 근본을 해치려고 들다니, 도저히 묵인할 수 없는 일입니다!"

"진정하십시오. 모리 가주."

"본 가문이 풍비박산이 나는 한이 있어도 저는 반드시 피의 복수에 나서야한다고 생각합니다."

"물론이죠!"

모리 아키토는 딸과 외손녀의 죽음도 그들의 짓임을 직감했다. 그러니 누구보다 비분강개하지 않을 수 없었던 것이다.

그런데 그 강경한 투지가 다른 식솔들에게도 순식간에 전염되면서 정말 전면전이라도 벌일 듯한 투지가 펄펄 끓었다.

일심으로 모이는 동향을 읽어 낸 소이치로는 이들에게 보다 정확한 정보를 제공해 가문이 하나로 거듭나는 계기로 삼아야겠다는 결심을 하기 이르렀다.

"몇몇 분은 알고 계시지만 저는 이미 그들에 대한 보복을 진행하고 있었습니다. 고로 오늘 낮에 벌어진 사고는 제 공략이 놈들에게 치명적인 지경에 이르렀다는 증거입니다."

"소가주!"

"진정하시고 좀 더 들어 보십시오."

"최근 일본 기업들은 누구 하나 제외할 것 없이 재정난에 시달리고 있습니다. 그래서 난 놈들의 숨통인 미쓰비시 파이낸셜 그룹을 잡기 위해 스미토모, 후요 가문과 연계한 회사를 설립했습니다."

"SSL 투자금융 말입니까?"

"네. 힘이 들고 다소의 희생이 따르더라도 돈줄부터 죄어야 한다고 판단해 그들의 단기대외부채 채권을 사들였고 그걸 통해 구조조정과 계열사 정리를 요구했습니다."

그 사실을 아는 사람은 히타치와 투자금융에 관련된 업무를 보고 있는 임원 극소수였다.

그나마도 보안이 철저히 유지되고 있었기에 대다수의 식솔들은 오늘 처음 그 얘기를 듣게 되었고 눈이 휘둥그레졌다.

아유카와 가문이 역사와 전통을 자랑하는 명문가지만 대다수의 다른 재벌들처럼 경영 상황과 재정이 좋지 못해 밝게 웃었던 날이 언제인지 기억도 나질 않았다.

그런데 미쓰비시를 자금으로 압박하다니?

게다가 스미토모와 후요 가문까지 연계하고 있다는 말에 이게 현실인지 의문을 품었고 자신도 모르게 피어오르는 미소를 감추기 급급했다.

"그러니까 공격은 우리가 하고 있다는 말씀이시군요!"

"아닙니다. 죽어도 잊을 수 없는 천인공노할 도발은 그들이 먼저 했으니까, 우리는 명분 있는 대처를 하는 것뿐입니다. 나고야의 아유카와 일족이 하늘의 무서움을 가르치는 겁니다!"

"목숨을 걸고 함께하겠나이다. 소가주!"

"오늘 사고에 대한 대처는 이미 끝냈습니다. 다친 식구가 있었지만 다행히 생명에 지장이 없다는 보고를 받아 마음이 놓입니다. 다만 이제 여러분들이 해 주셔야할 일이 있습니다."

"하명하십시오."

"미쓰비시의 부도덕함을 캐내고 널리 알리는 겁니다. 천명이 우리에게 있는 한, 우호적인 여론을 형성하는 것은 어렵지 않으리라 믿습니다."

"존명!"

한국에서도 심각한 사회문제로 대두되지만 집단 따돌림의 원조는 역시 일본이다.

집단주의 문화가 낳은 폐해인데, 빨간 신호등도 함께 건

너면 무섭지 않다는 일본인의 심리는 미쓰비시라고 하는 절대 강자도 연합된 힘이라면 부술 수 있다는 여론을 형성하게 만드는 근원이 되길 바랐다.

당장 무모한 공격이나 전면적인 대응은 자제하고 외부에서부터 차곡차곡 구멍을 뚫어 댐을 무너뜨리는 전략을 구사하는 이유는 조직된 힘만이 가질 수 있는 장점이기 때문이었다.

"주군! 힘내십시오!"

"오가타. 언제 왔습니까?"

"비보를 듣고 바로 달려왔습니다. 주군의 안위는 걱정하지 않았으나 측근들을 잃을까 걱정을 했는데, 다들 무사하다고 하니 정말 다행입니다."

"안 사장이 수술까지 하게 된 것은 안타깝지만 놈들의 무모한 짓을 극복해 냈으니 이제 제대로 펜 코를 질질 끌고 갈 일만 남았습니다."

회의를 마친 소이치로는 태국에서 급히 달려온 오가타를 비롯한 측근들과 잠시 환담을 나누고 바로 병원으로 향했다.

수술을 마치고 회복실에 있다는 안 사장부터 찾았는데, 따능도 마침 거기에 와 있었다. 그런데 포즈가 좀 묘했다.

자신도 옆구리에 관통상을 입은 그녀가 안정을 취하지 않고 안 사장의 몸에 두 손을 대고 기운을 불어넣고 있었던 것이다.

"따능!"

"보스!"

"그만해. 너도 다쳤는데, 이게 뭐하는 짓이야!"

"전 괜찮아요. 늘 힘이 넘치잖아요."

보다 못한 소 대표가 직접 뜯어 말렸다.

화를 내고 있었지만 따능은 그게 더 기쁜지 배시시 웃었다.

주변을 물린 소 대표는 그녀를 데리고 소파에 나란히 좌정했다.

하루 종일 바쁘게 움직여 피곤했지만 그녀와 기운을 나누는 행위는 자신은 물론 그녀를 위해서도 도움이 된다는 것을 알고 있었기 때문이다.

그런데 둘 다 기운이 쇠약했기 때문일까?

거리를 두고 마주 앉았으나 기운이 교차되면서 둘의 몸이 의지를 따르지 않고 가까이 붙었다.

무릎이 마주 닿을 정도로.

"전 더도 말고 이 정도면 만족해요."

"집중해. 네 총상도 치유할 수 있을 것 같으니까."

"이까짓 상처는 아무래도 좋아요. 제가 보스의 곁에만 머물 수 있다면."

"따능. 한 번 더 생각해 봐. 그런 말을 하는 것이 과연 우리 관계에 도움이 될지."

"……"

그녀가 어떤 마음을 품든, 그건 관여할 수 없는 부분이다.

그러나 지금처럼 솔직한 표현은 한 번이면 족하다는 의미였다. 그녀의 고백이 사실이라면 더더욱.

그 뜻을 알아차린 따능은 지금 이 시간이 너무도 소중하고 행복했지만 자세를 풀었다.

이미 기운은 정상으로 회복되었고 상처도 아프지는 않기 때문이다.

또한 소 대표의 말을 새겨듣고 이제 더 현명하게 대처해야겠다는 결심을 굳힌 것이다.

의식이 깨어난 안 사장의 음성이 들린 것이 바로 그때였다.

"보스!"

"안 사장님. 어떠십니까?"

"제가 얼마나 정신을 잃고 있었습니까?"

"아무 걱정하지 말고 쉬세요. 일처리는 모두 깔끔하게

처리되었습니다."

"말씀해 주십시오. 알지 못하면 이렇게 누워 있을 수 없을 것 같습니다."

"참……. 그 성미는 총알을 맞고도 변하질 않으셨네요."

소이치로는 그의 옆에 다가가 사건의 경과를 들려줬다.

놈들의 흉계를 속속들이 파악했고 효과적인 대처를 위한 구상이 진행 중이라는 사실도 언급했다. 자초지종을 다 들은 안 사장은 자신의 의견을 보태려고 했으나 그럴 수 없었다.

이야기를 하면서 자연스럽게 시작한 치유의 노력이 그를 평온한 숙면으로 인도했기 때문이었다. 뒤에서 지켜보던 따능이 가끔 감탄사를 터트렸다.

내기를 운용해 치유의 기적을 보이는 소이치로의 신비로운 능력에 절로 감동이 밀려왔기 때문이다.

잠든 이후에도 정성을 다하던 소이치로가 지쳐 보이자 따능도 힘을 보탰다.

두 손을 소이치로의 등에 댔는데, 그 순간 세 사람의 주변에는 환한 빛이 일렁이기 시작했다.

마치 현실이 아닌 몽유의 도원에 초대받은 것 같은 희귀한 현상이었다.

* * *

"보스. 회견 준비가 다 끝났어요."

"모모에. 우리가 초대한 언론사들이 다 왔습니까?"

"네. 외신 기자들은 걱정이 되지 않는데, 일본 언론은 도무지 믿을 수가 없는데, 괜찮으시겠어요?"

"그들이 편향된 기사를 써 주면 더 좋죠. 같이 갑시다."

소이치로는 SSL 투자금융 대회의실에서 기자회견을 열었다.

저명한 외신 기자 열 곳을 선정했고 일본을 대표하는 언론사도 다섯 개를 골라 초대했기 때문에 회견장은 조촐했다.

하지만 초대받은 기자들의 눈빛은 날카롭게 빛나고 있었다. 아직 경찰의 공식 입장이 발표되진 않았지만 기자들은 어제 일어난 황당한 사건에 대해 나름대로 취재를 마쳤을 것이다.

그리고 테러의 목표가 다른 누구도 아닌 아유카와 가문의 후계자이자 SSL 그룹 대표인 소이치로라는 사실에 이건 초대박 사건이라는 감을 잡고 있었다.

그러나 익히 그래 왔듯이 재벌이나 명문가에 대한 취재는 제한 받을 가능성이 높아 취재 열기가 더 뜨겁고 치열

했다. 그런데 사건의 중심인 소이치로가 소수 언론만 은밀히 접촉해 기자회견을 자청했다.

회견장으로 들어서는 순간, 느낄 수 있었다.

그들이 흥분하다 못해 긴장하고 있다는 것을.


"안녕하십니까? 아유카와 소이치로입니다."

- 대표님이 누군지 모를 사람은 여기 없습니다. 한시가 급한데, 얼른 본론으로 들어가시죠?

"하하하! 그렇습니까? 그럼 어제 사건 현장이 찍힌 영상부터 보시고 나서 진행하겠습니다."

- 관련 증거는 모두 경찰에서 수거해 간 것으로 아는데, 사건 영상이 있습니까?

"물론입니다. 저희 히타치 빌딩에 설치된 CCTV가 몇 개나 될지 생각해 보시면 짐작이 가능하실 겁니다. 경찰에 보낸 영상보다 더 정확한 영상을 보여 드릴 테니 아무 편견 없이 봐 주시길 바랍니다."


다들 마른침을 삼켰다.

백주 대낮에 도쿄 중심가에서 일어난 총격 사건인데, 공교롭게도 사건 현장이 찍힌 영상은 하나도 확보할 수 없었다.

기자들은 그 이유가 피해자, 가해자, 그리고 경찰까지 모두 이 사건의 확대를 바라지 않기 때문일 것이라고 판단했었다.

때문에 진실을 파헤치는 데 한계가 있을 수밖에 없었다. 몇몇 증인의 입만 바라볼 수밖에 없었기 때문이다.

그런데 경찰이 확보한 것보다 더 선명한 영상이라니!

"와아! 저기 저자들이 암습을 하려고 미리 기다린 거잖아!"

"저놈이 지휘자인 것 같아."

"도대체 어떤 조직이 저렇게 총기를 휴대하고 다룰 수 있는 거지? 지휘 체계대로 움직이는 것을 보면 고도로 훈련된 조직이 분명해. 대체 뭐하는 놈들이냐고?"

"SSL 경호원들은 총을 가진 놈들보다 너 빠르잖아!"

"우와! 액션 영화가 따로 없네. 아니, 더 나아!"

소이치로도 사건 영상을 다시 보며 긴박했던 순간들을 재조명할 수 있었다. 그냥 스쳐 지나갔는데, 새로운 사실을 알게 되었다.

만약 료코가 나타나지 않았다면 자신은 마루노우치 빌딩으로 진입했을 것이다. 이미 요원들이 좌우로 매복하고 있었기 때문에 놈들의 기습 따위는 두렵지 않았다.

하지만 지금 돌이켜보니 료코 덕분에 위기를 넘긴 셈이

었다.

아무리 잘나도 총을 든 다수를 협소한 공간에서 상대했다면 자신은 물론 측근들도 무사하기 힘들었을 것이라는 결론을 얻은 것이다.

영상은 한두 개가 아니었다. 빌딩 내부와 외부에서 다양한 각도를 보여 주는 사건 영상이 반복적으로 상영되자 기자들은 사건의 본질에 더 바짝 다가서게 되었다.

벌써 기사의 초고를 작성하는 이들까지 보였다.


- 저놈들의 정체를 밝히셨습니까?

"네."

- 누굽니까?

"오늘 저자들은 경찰청 경비국으로 호송되어 본격적인 조사에 들어갈 겁니다. 때문에 수사에 혼선을 줄 수 있는 정보를 임의대로 발표하는 것은 적절치 않아 자제하겠습니다."

- 피해자가 진실을 밝히는 것이 법에 저촉될 리가 없지 않습니까? 게다가 대표님의 말씀이라면 조사 담당자도 무시할 수는 없을 겁니다. 그냥 밝혀 주시죠.

"저희의 곤란한 입장을 고려해 주시길 바라며 오늘 이 자리를 빌려 꼭 알려 드리고 싶은 것이 있어서 여러분을 모셨습니다."


기자들은 가해 세력의 정체를 밝혔다는 말에 기사를 송고할 준비를 마치고 초롱초롱한 눈빛으로 쳐다봤다. 어차피 선택받은 몇몇에 속했으나 속보 경쟁은 그들 직업병이었기 때문이다.

그런데 갑자기 태세 전환을 하자 황당했다. 그래도 일방적인 입장이었기에 기다릴 수밖에 없었다.

그에 못지않은 중대 발표가 터질 것 같았기 때문이다.

그런데 소이치로의 입에서는 전혀 결이 다른 이야기들이 흘러나왔다.

처음에는 이게 무슨 말인가 했는데, 그 안에 담긴 뜻을 헤아리지 못할 기자들이 아니었다.


"본 SSL 투자금융은 그동안 기형적으로 운영되어 온 일본 금융계의 체질을 개선하는 새로운 비전을 제시하며 문을 열었습니다."

- 기형적이라는 표현의 근거는 무엇입니까?

"1996년 하시모토 수상은 free, fair, global을 3원칙으로 하는 개혁안을 제시했습니다. 기업에 자금을 제공한 은행의 감시 기능과 그 은행에 대한 정부의 감시체계도 허술

해 금융시장 전체가 비효율로 치달았고 결국 버블 붕괴가
초래되었습니다. 그로 인해 일본의 산업 경쟁력이 바닥으
로 곤두박질을 쳤는데, 대체 무엇이 변했습니까?"

- 일본 산업의 전반적인 부진이 금융 부실에서 비롯되었
다는 말씀인가요?

"톡 까놓고 얘기해 봅시다. 재벌이 다 움켜쥐고 부실을
감추고 있는데, 어떻게 변화와 개혁이 있을 수 있겠습니
까?"


1996년에 이미 진단이 내려졌다.

시장 원리가 정상적으로 작용하는 시장, 투명하고 신뢰
할 수 있는 시장, 국제적으로 시대를 앞서가는 시장을 조
성해야 한다고 천명했으나 현실은 그 반대로 치달았다는
것이 소이치로의 평가였다.

뉴욕, 런던에 버금가는 국제 시장으로 변화를 꾀해야 한
다고 진단하고 정책을 펼쳤으나 현실은 재벌의 금융 장악
이 더 강화되었을 뿐이었다.

미쓰비시라는 절대 강자와 미쓰이, 스미토모가 연합한
또 다른 공룡 두 마리가 개혁이라는 시대의 흐름을 가로막
고 주식시장은 물론 사채 시장까지 손을 뻗치는 패악을 부
린 것이다.

도전하지 않아도 배가 부른 재벌들은 그나마 새롭게 크고 있는 새싹들을 무자비하게 먹어 치웠고 개혁과는 정반대의 길로 용감하게 걸어 나갔던 것이다.

- 하지만 SSL이 히타치의 또 다른 이름이라는 것이 업계의 평가인데, 본인들만 독야청청하다고 말씀하시는 것은 어불성설 아닐까요?

"하하하! 그런 말씀을 하시려면 근거부터 갖추셔야 하는데, 책임지실 수 있겠습니까?"

- 아, 아닙니다. 그저 항간의 평가를 말씀드렸을 뿐입니다.

"다행이네요. 최소한 고소를 당할 선을 넘지 않으신 것 같습니다. 제가 분명히 밝히는데, 저희 SSL 투자금융에는 히타치의 자본이 단 1엔도 들어와 있지 않습니다."

- 그 말씀을 신뢰하기 힘든 것이 SSL이 무섭게 성장하고 있는 기업이지만 그만한 자금력은 없지 않나요?

"바로 그 얘기를 하려고 하던 차였습니다. 혹시 여러분은 저희 SSL 투자금융의 대표이사가 누군지 아십니까?"

기자들은 눈만 깜빡였다.

당연히 대표는 지금 단상에 서서 회견을 하고 있는 소이치로라고 생각하고 있었기 때문이다.

하지만 뻔한 그 말을 하는 순간, 의문이 생겼다.

그렇지 않다는 말이었기 때문이고 그렇다면 누굴 떠올려야 하는지 절로 연계되는 인물이 있었기 때문이다.


- 혹시 미쓰이와 결별한 스미토모와 손을 잡으신 겁니까?

"네. 현재 저희 SSL 투자금융은 스미토모, 후요 가문이 저희 SSL과 등등한 지분으로 참여하고 있습니다."

- 그렇다면 또 다른 공룡의 탄생 아닌가요? 미쓰이를 밀어내고 두 가문과 결탁한 것이라고 밖에는 보이지 않습니다.

"그 말은 상당히 모욕적이군요. 그 이유는 기존 금융 그룹과 저희를 구분하는 확실한 기준이 존재하기 때문입니다. 저희는 뼈를 깎는 각오로 부실채권을 모두 정리했습니다!"

- 부실채권에 대한 입장은 선택의 문제일 뿐, 그 또한 경영의 일부이고 운영의 묘라고 생각되는데, 지나친 매도입니다.

"하하하! 지금 기자분은 대체 누굴 대변하는 겁니까?"


그는 가장 극우적인 언론사 기자였다.

모모에가 우려했던 상황이 빚어진 것이다.

그러나 그를 바라보는 다른 기자들의 눈빛이 곱지 않았다.

외신 기자들은 물론 몇몇 일본 기자들도 그를 고깝게 쳐다봤다.

왜냐면 그 신문사가 바로 미쓰비시의 주구 노릇을 하는 곳으로 정평이 난 친정부, 친기업 언론사였기 때문이다.

직접 언급하지는 않았으나 SSL이 지향하는 방향이 무엇인지 모두에게 생생히 전해졌다. 부실채권의 정리 여부가 기준이 될 수 있는 이유는 스미토모의 경우를 보면 알 수 있다.

부실을 정리하기 위해 스미토모 금융은 알짜배기 부동산과 계열사 2개를 정리했고 오너가 막대한 자금까지 출연했다.

그리고는 미쓰이와 작별하며 금융 업계에 신선한 바람을 불어넣었는데, 알고 보니 SSL과 연대를 했던 것이다. 질문하던 기자의 입이 닫히자 외신 기자가 바통을 이어받았다.

- 그렇다면 혹시 금융권 경쟁과 어제의 사건이 서로 연관이 있는 겁니까?"

"그건 제 입으로 말씀드리기 곤란합니다. 전언했다시피

이제 경찰청으로 공이 넘어갔으니 조금만 기다려 보시죠."

　- 제 시각으로 본다면 시기를 놓쳤지만 이제라도 일본 기업들이 쇄신하고 다시 시작하는 계기라고 봐도 되겠습니까?

"전 늦어도 아주 많이 늦었다고 생각합니다. 하지만 이젠 더 이상 미루지 말고 솔직해질 필요가 있습니다."

　- 솔직해져야 한다는 말은 어떤 의미이신가요?


그 대목에서 소이치로는 잠시 뜸을 들였다.

자신의 발언이 어떤 파장을 미칠지 가늠이 되기 때문에 가벼이 입을 놀릴 수는 없었다. 하지만 진실 앞에 겸손해야 한다는 사고에 입각해 모두가 깜짝 놀랄 만한 발언을 던졌다.

그 시작은 용서를 구하는 것이라고 말했다.

용서를 구해야 할 대상이 누군지, 매우 민감한 질문이 이어졌는데, 그 대목에서는 다소 두루뭉술하게 대답했다.

역사와 인류 앞에 겸손해져야 한다고.

거기까지였다. 질문이 쇄도했지만 소이치로는 다음을 기약하며 단상에서 내려왔다.

"도련님. 난리가 날 겁니다."

"왜?"

"너무 민감한 사안을 건드리셨습니다."

"글쎄……. 그렇지 않아. 언제까지 미룰 거냐고! 당분간 집중 포화를 맞게 될는지 모르지만 이제 공론의 장에 붙일 때가 되었어."

"그래도 시기가 너무 좋지 않습니다. 기껏 여론을 조성하자고 해 놓고 도련님은 그와 상충되는 화두를 던지면 어떡합니까?"

"야마토. 그게 왜 상충된다는 거지? 아니야. 잘 생각해 봐."

이제 와서 책임을 회피하고자 하는 것은 아니다.

히타치를 위시해 아유카와 가문도 2차 대전 당시 제국주의 정권에 부화뇌동해 적잖은 전쟁범죄에 동참했다.

하지만 결정적인 순간에 스스로 죄를 자복할 것이다. 다만 그것을 통해 입을 타격을 사전에 방비할 필요가 있고 정상참작이 될 만한 행위를 선제적으로 이루고자 했다.

그 핵심이 바로 가장 큰 적인 미쓰비시를 공략하는 것이었다. 소이치로가 이런 방향을 결정한 것이 연계한 스미토모나 후요 가문에게 부담이 될 수도 있지만 도망치기엔 늦었다.

"보스. 저랑 얘기 좀 해요."

"왜 이러시나? 무섭게."

"몰라서 그래요? 얼른 제 방으로 가요."

모모에가 바로 반응을 보였다.

어차피 투자금융의 책임은 자신에게 맡겼다. 때문에 미쓰이가 부담스럽지만 나름의 방법을 강구했고 자신도 있었다.

그런데 연락도 없이 나타나 하루토를 만난 것부터 성에 차지 않았다.

게다가 의도한 바는 아니지만 대형 사고를 터트려 은밀하게 진행하던 사업의 윤곽이 이제 만방에 드러나고 말았다.

문제는 그 과정에서 자신을 배제한 것이었다.

"너무하시는 거 아닌가요?"

"인정!"

"뭐예요? 그러면 끝인가요?"

"아니죠. 이제부터 함께 머리를 맞대야지요. 그러려고 했습니다."

"아! 정말! 좋아요. 그럼 일단 말해 봐요."

먼저 하루토 미쓰이에 대한 이야기부터 꺼냈다.

아직 연락이 오진 않았지만 그가 연락하게 만들 방법을 찾았다.

결국 미쓰비시의 손을 잡을 수 없다면 결국 그들은 소이치로의 제안을 받아들일 수밖에 없다.

확신을 했지만 그 내용을 전해들은 모모에는 납득하지 못했다.

왜냐면 소이치로와 하루토 사이에 벌어졌던 매우 자극적인 교감에 대해서는 딱히 표현할 방법이 없었기 때문이다.

겨우 한다는 말이 이거였다.

"고바야시 회장께서 제 손을 잡아 주신 것과 동일한 맥락으로 보면 됩니다."

"또 협박이라도 했단 말인가요?"

"하하하! 협박이라니요. 그렇지 않습니다. 회장님은 변화가 필요하다고 판단하신 겁니다. 그러니 아끼고 아끼는 그대를 저와 함께 일하도록 허락할 수 있었던 거고요. 아닙니까?"

"그럼 미쓰이는 보스가 알아서 책임지세요!"

"그럽시다."

"근데 어제 그 사건의 배후가 정말 미쓰비시인가요?"

"명백한 증거를 확보했습니다. 의심하지 말고 그에 따라 움직이면 됩니다. 놈들은 이번 작전이 마무리되면 정신없이 무너질 겁니다. 그때를 대비하세요."

모모에는 증거가 확실하다면 왜 당장 터트리지 않는지 의문을 품었다.

그러나 그 생각을 입 밖에 내진 않았다.

오늘 기자회견도 그렇고 소이치로가 뭔가 큰 그림을 그리고 있다는 생각이 들었기 때문이었다.

본인이 다 알지 못하는 것이 아쉽지만 한 핏줄이 아니기에 이해할 수밖에 없었다. 그래도 묵인할 수 없는 것이 있었다.

"보스. 정말로 일본이 용서를 구해야 한다고 생각하세요?"

"쫄딱 망하게 생겼는데, 버틸 재간이 있습니까?"

"왜 그렇게 비관적으로 보세요! 우리 일본은 아직 세계 3위의 경제대국이고 국방력도 세계 5위에요. 그 누가 우릴 무시하고 찍어 누를 수 있단 말이죠?"

"허! 보고도 모릅니까? 일본은 이미 국제적인 이지메를 당하고 있습니다. 가장 믿었던 미국이 냉정한 얼굴로 변했고 유럽 선진국들의 경우는 아예 대놓고 일본을 배제하고 한국과의 교류를 확대하려고 노력합니다."

"그렇다고 우리가 당장 망하는 것도 아니잖아요!"

"아닙니다. 일본은 이미 망했습니다. 세계적인 경쟁력을 갖추고 있는 분야가 하나라도 있으면 말해 보십시오."

"……."

입을 달싹거렸지만 끝내 아무 말도 하지 못했다.

불과 20년 전까지만 해도 입이 아플 정도로 많았다.

물론 아직도 경쟁력을 갖춘 부문이 없는 것은 아니다. 그러나 입에 담기도 부끄러운 소소한 영역에 불과하다는 것을 인정할 수밖에 없었다.

그 대부분을 한국이 빼앗았다는 생각에 화가 치밀었다.

하지만 그 생각들이 소이치로가 던진 화두와 연결되면서 전신에 소름이 돋았다.

"가장 먼저 고개를 숙여야 할 나라가 한국인가요?"

"모모에. 다시 한 번 말하는데 우리 이제 솔직해집시다."

"뭘요?"

"전 세계 무수히 많은 민족 중에 일본인과 가장 비등한 민족이 누굽니까?"

"한민족이죠."

"왜 그럴까요? 일본이 한국을 35년간 식민 지배를 하면서 황국의 신민으로 정신 개조를 했기 때문일까요?"

"피와 문화가 섞였기 때문이겠죠."

"네. 바로 그겁니다. 다들 쉬쉬하지만 대다수의 일본인들이 다 인정할 수밖에 없을 겁니다. 일왕도 스스로 밝히지 않았습니까? 뿌리가 한반도와 닿아 있다고."

긴 대화도 아니었다.

하지만 핵심적인 몇 마디를 나누자 이제껏 모른 척했던

진실들이 드러났고 순순히 인정하지 않을 수 없었다.

한국은 강성할 때나, 어려울 때나, 아무리 힘이 들어도 섬나라를 노략질하지는 않았다.

근본적으로 평화를 사랑하고 인간의 도를 중시하는 정신을 이어 왔기 때문이다.

그에 반해 일본은 기회가 될 때마다 대륙 진출을 빌미로, 아니면 최악의 시기를 극복하기 위해 끊임없이 한반도를 침략하고 노략질을 일삼았다.

식민 지배는 그 패악질의 결정판이었고 제국주의의 야욕을 채우기 위해 한국을 비롯한 수많은 나라를 침략했다.

"한국과의 관계 개선 없이 일본의 미래는 없습니다."

"한국이 그렇게 대단한 존재인가요?"

"지금으로서는 재론의 여지도 없습니다. 한국은 국운이 피어오르고 있고 자신들보다 선진국들이 먼저 인정하고 있습니다. 한국 경제가 흔들리면 세계경제가 영향을 받는 지경에 이르렀기 때문에 일본은 물론 중국마저도 함부로 건드릴 수 없는 국가가 되었습니다."

"지나친 비약 아닌가요?"

"좋습니다. 인정하기 어렵다면 이거 하나는 알아야 합니다. 한국과 손을 잡으면 일본은 다시 일어설 수 있습니다. 미국보다 더 소중한 이웃이 한국이고 머잖은 날에 수많은 일본인들이 한국으로 넘어가 한국인으로 살고자 할 겁니다."

지나치다고 생각했는지 모모에의 표정이 밝지 못했다.

과거의 귀족과 같은 지배 계층으로 일본의 선민이라고 자부한 그녀는 수많은 책임을 짊어진 존재라고 스스로 생각했다.

그런데 국가의 해체까지 운운하니 어안이 벙벙했다.

모모에는 소이치로 역시 자신과 비등한 신분으로서 남다른 능력을 발휘해 SSL을 키워 나가는 모습을 보며 기울어져 가고 있는 일본 경제에 새 지평을 열 등불이 될 것이라고 여겼다.

그런데 역사관부터 커다란 차이를 보였다.

"모모에. 혐한이 일본에 뭘 남겨 줬습니까?"

"자존심?"

"하하하! 자존심이라고요? 그것에 동의하기 어렵지만 좋습니다. 자존심을 지켜 얻은 것이 무엇입니까?"

"국가와 민족에 대한 자긍심을 경제적인 가치로 평가하는 것은 말도 되지 않아요."

"자존심, 자긍심이 아니라 착각과 망상입니다. 한국은 이미 일본을 추월하고 세계를 향해 빠르게 달려가고 있는데, 일본은 대체 뭘 하고 있었습니까? 수출 규제? 그거 하면

한국 경제가 파탄 나 엎드려 싹싹 빌 것이라고 생각하지
않았나요?"

**인생 2막,**
섬나라 재벌로!

# 74. 백문이 불여일견

# 인생 2막,
## 섬나라 재벌로!

정말로 일본인들은 그렇게 믿었다.

하지만 2년도 지나기 전에 일본 언론들도 인정했다.

수출 규제의 결과는 관련된 일본 기업들을 도산으로 몰고 갔으며 한국의 산업 기반을 튼실하게 만들어 준 결정적인 계기가 되었다고.

속고 속인 것이다.

오로지 집권을 위해 국민들을 우매한 바보로 전락시킨 자민당의 선전 선동에 당한 것이다.

언론을 정권의 나팔수로 만들고, 양심 있는 지식인들의 언론을 막아 탄압하면서, 한편으로는 꾸준히 역사를 왜곡한 정치인들이 일본인들을 갈라파고스처럼 고립시킨 것이다.

"아무리 그래도 용서를 빌 수는 없어요!"

"독일은 바보라서, 자존심이 없어서 무릎을 꿇었나요?"

"패전하고 아무런 힘이 없었으니까 그랬죠. 하지만 우린 힘이 있잖아요."

"지금 그 말은 잘못은 했는데, 힘이 있으면 잘못을 인정하지 않아도 된다는 말입니까?"

"그, 그게……."

핵심이 튀어나왔다.

일본인들의 비열한 속성을 그녀 스스로 인정한 것이다.

어째서 섬나라 족속들은 근대적인 사고방식에서 한 발도 나아가지 못했단 말인가?

힘이 있으면 약자를 괴롭혀도 되고 강자에게는 한없이 비굴한 태도를 취하는 일본인들의 처세는 예나 지금이나 하나도 변하지 않았다.

그건 민족성이라고 봐야만 했다.

공정, 정의, 인간의 도리 따위는 중요하지 않았던 것이다.

"더 큰 불행과 파탄을 막기 위해서입니다. 돈을 찍어 기업의 주식을 사고 경기를 부양하고자 했지만 일본의 GDP

는 20년 전으로 돌아갔고 실질 소득은 한국에서 추월당해 일본인들은 가난에 허덕이고 있습니다."

"히타치도 그 혜택을 봤잖아요!"

"그랬죠. 그런데도 부실투성이었습니다. 빨리 정리하면 할수록 나은."

"그래서 계속 다이어트를 하는 건가요?"

"네. 철도차량 관련 사업도 접을 겁니다."

"저, 정말인가요?"

모모에는 믿기지 않는다는 반응을 보였다.

왜냐면 철도 관련 사업은 히타치가 세계적인 경쟁력을 갖춘 전략 사업이기 때문이다. 하지만 매번 한두 차례 터지는 철도 관련 사고는 뭐 하나 제대로 된 게 없는 부실과 부패의 결탁이 낳은 기형적인 구조로 시한폭탄이라고 봤다.

근본적인 대안을 마련해 보라고 지시했는데, 놀랍게도 배보다 배꼽이 컸다. 겉으로는 상당한 수익이 보장되는 사업인데, 속빈 강정이었던 것이다.

"미쓰이와 통합해 넘겨주기로 했습니다."

"어쩐지……. 하루토의 여동생인 미코한테 연락이 왔더라고요. 같이 밥 한 번 먹자고요. 물론 그럴 경황이 아니라고 미뤘지만 꼭 좀 시간을 내달라고 하더라고요."

"미쓰이가 우리 편에 가세할 의향이 있는 거군요."

"그렇게 되면 다 된 밥이네요!"

"아니죠. 가능성은 높지만 믿을 수 있는 족속이 아닙니다. 또한 하루토가 직계가 아닌 방계라는 점, 간과하면 안 되죠."

"그럼 대체 어떻게 하자는 건가요?"

"못 이기는 척 줄만 서게 해야 합니다. 다음 순위가 그들인데, 너무 깊숙이 관여하게 해서는 안 됩니다."

"대표님!"

모모에는 깜짝 놀랐다.

하지만 소이치로는 하루토와 만나 제안했던 내용을 가감 없이 얘기했으며 왜 그런 판단을 내렸는지도 설명했다.

근본적인 변혁을 꾀하지 않고 정부의 지원과 협잡으로 잃어버린 영광을 되찾을 수 있다고 믿는 구태를 벗지 못한 재벌은 모두 해체되어야 한다 말했다.

소름이 돋았는지 모모에가 몸을 움츠렸다. 하지만 그녀도 작금의 일본 재벌들이 무슨 짓을 하고 있는지 익히 알고 있었기 때문에 대꾸하지 않았다.

"이러다 기업들이 모두 국영기업이 될 것 같아요."

"정부가 나서서 돈을 찍어내 사기업의 주식을 사준다는 발상부터가 쓰레기 같은 생각이죠. 아베노믹스는 개뿔! 대가리가 나쁜 놈을 몰라보고 권력을 주면 어떤 일이 벌어지는지 온 국민이 몸소 체험하고 있다고 봅니다."

"그가 똑똑하지 않다는 것은 다들 알고 있어요. 하지만 잔머리를 잘 굴려 표를 얻는데 어쩌겠어요."

"한국 때리기 말입니까? 이제 그 약발 사라질 겁니다. 그보다 근본적인 문제는 왜 일본인들이 자신의 운명과 미래를 그런 자들에게 맡기는지 난 납득이 안 됩니다."

일본은 참으로 상식이 통하지 않는 나라다.

현실을 부정하다 못해 이젠 정신병자 같은 소리를 지껄이는 자들이 빈번히 나타난다. 일본의 도움으로 성장한 한국이 왜 은혜를 갚지 않고 일본을 죽이지 못해 안달이냐고 떠든다.

엄연한 사실도 왜곡하며 상식과 양심을 언급하는 식자들을 몰아붙여 듣고 싶지 않은 말을 배제하는 아집까지 보인다.

그저 한두 사람의 반응이 아니다. 마치 집단 최면이라도 걸린 것처럼 단체로 헛소리하는 현상은 언론의 책임이 크다.

그 언론을 좌지우지하는 것이 극우 집권 세력인 것을 보면 결국 국가 지도자의 중요성은 재론할 필요도 없었다.

"모모에. 하루토에게 굿 캅 배드 캅 전략을 씁시다."

"설마 제게 배드 캅을 시키려는 건 아니죠?"

"하하하! 당연하죠. 그는 이미 나와 닿기 힘든 간극이 있다는 것을 알고 있습니다. 때문에 악역은 내가 맡을 테니 그대는 놈이 나가떨어지지 않게 잘 구슬려 보세요."

"음……. 걱정 마세요. 그리고 하루토 말고 미쓰이 가문의 적장자인 아사히 사장과의 관계도 유지해 볼게요. 더블 체크할 필요가 있을 것 같아요."

"좋군요. 세이프티에서 하루토와 아사히의 동정을 원격으로 살피고 있으니 삼중 마크가 되겠네요."

모모에는 세이프티의 활약을 매우 신기해했다.

한때 일본은 세계 최고의 전자 왕국이었다.

하지만 빠르게 변하는 IT 환경에 적응하지 못하고 도태되고 말았다. 그저 조금 늦은 정도라고 생각하는 경우가 많은데, 실상은 그렇지가 않다.

네이버, 카카오를 비롯한 수많은 포털이 명멸한 한국과는 달리 일본은 아직도 야후가 대세이다. 또한 메신저 어플도 경쟁력이 없어 한국의 라인이 가장 인기가 높다.

국가와 지방 행정망도 갖춰지지 않아 일일이 우편 발송을 하는 후진적인 양상을 보이는데, 그게 후진 것인지도 모른다.

그러니 일개 기업의 보안정보 팀이 일본에 사는 특정인

의 동향을 살핀다는 것 자체를 믿지 못했다.

"이거 좀 보세요."

"뭐요?"

"예를 드는 건데, 전 모모에가 어제 어디를 어떻게 다녔는지 마음만 먹으면 다 알 수 있습니다."

"네에?"

윤원호가 만든 스마트폰 어플을 누르고 모모에라는 이름을 치자 관련 정보들이 줄줄이 떴다. 인적 사항은 물론 학력, 경력, 그리고 사적인 동정까지 집계가 되어 있었다.

실시간 현황을 누르자 지도가 뜨면서 현재 위치가 표시되었다. 당연히 SSL 투자금융 사장사무실이었다.

손가락으로 확대하자 소이치로는 물론 근접 수행하고 있는 오가타의 위치와 이름도 표시되었다. 인근에 따능과 안 사장의 위치도 잡혔는데, 입원해 있는 병원이었다.

"자. 어제 뭘 했는지 볼까요?"

"대표님!"

위치 정보를 찍고 일시를 지정하자 지도에 어제 모모에의 상세한 동정이 표시되었음은 물론 머문 시간과 만난 사람과 같은 상세한 정보까지 취할 수 있었다.

입이 쩍 벌어질 그 상황에 그녀는 얼른 꺼 달라고 요구했다. 왜 그러나 싶었는데, 보고 말았다. 그녀가 어젯밤 소이치로가 머문 호텔에 왔다간 것을.

이유를 물으려고 했으나 얼굴이 발개져 당황하는 그녀를 보자 묻지 않는 것이 정답이라는 결론을 내렸다.

호텔 라운지에 1시간가량 머물렀는데, 소이치로를 만나고 싶어 왔지만 무슨 이유인지 몰라도 그냥 돌아간 것으로 보였다.

묻지도 않았는데, 모모에가 먼저 발끈했다.

"그래요. 저 어젯밤에 대표님 만나러 갔었어요. 그런데 이렇게 알 수 있는데도 저한테는 관심이 1도 없다는 거네요!"

"어제 무슨 일이 있었는지 알잖아."

"알아요. 하지만……. 이건 사생활 침해잖아요!"

"모모에. 당신의 안전은 중요합니다. 어제와 같은 일로 인해 당신이 다치기라도 한다면 난 매우 힘들 것 같습니다."

"왜요? 저는 그저 일 잘하는 부하 직원이잖아요."

"왜 이러십니까. 당신은 나의 소중한 사업 파트너입니다. 개인적으로 더 친해지고는 싶은 여동생 같은 존재이기 때문에……."

"여동생이요? 됐어요."

분위기가 좋아졌는데 엉뚱한 걸 건드려 삐치게 만들고

말았다. 하지만 어차피 겪어야 할 과정이라고 생각했다.

홀아비라면 모르겠으나 이제 마음을 정한 상황이기에 행여 문제가 될 만한 소지가 있는 부분을 정리할 필요가 있었다.

료코와는 또 다르지만 모모에도 여동생 삼으면 딱 좋을 귀여운 스타일이기에 이번에 관계를 명확히 하는 것이 좋았다.

싫다고 앙탈을 부리는 모모에를 데리고 함께 움직였다.

료코도 합류했고 의사가 만류하는데도 기어코 따라나선 따능까지 함께 어울려 한식당을 찾아 불고기로 배를 채웠다.

* * *

"보스. 문제가 좀 생겼습니다."

"응? 윤 실장. 어떻게 된 거야?"

"어젯밤에 통화할 때만 해도 아무 말 없었잖아?"

"네. 상황이 좀 변했습니다. 안 사장님이 움직일 수 있으면 좋은데, 그럴 입장이 아니라서 제가 급히 왔습니다."

"밤 비행기를 탔단 말이야?"

피곤했는지 다른 날보다 조금 늦게 일어났다.

그런데 기척을 확인한 비서들의 통보를 받은 윤원호가 나타난 것이다. 뭔가 심상치 않은 일이 발생했음을 직감했다.

보고 받은 내용은 경찰청의 사건 수사 결과 보고서가 사실과는 완전히 다른 방향으로 작성되고 있다는 것이었다.

어제 범죄자들을 인도받아 전격 조사를 펼쳤기에 경찰청 전산망을 해킹해 관련 문서들을 실시간으로 분석하고 있었다.

그런데 오늘 아침 기자 브리핑에 발표할 문서에 사주한 미쓰비시는 찾아볼 수 없었고 놈들을 한국의 사주를 받은 간첩으로 몰고 가는 전혀 엉뚱한 내용이 담겨 있었던 것이다.

"자폭을 하는군!"

"증거는 있지만 경찰청의 입장이 그렇다면 정면으로 대치하기가 너무 부담스럽지 않을까요?"

"무슨 소리야! 내가 노린 게 바로 그건데!"

"정말 맞불을 놓으실 겁니까?"

"당연하지. 경찰청 브리핑이 몇 시지?"

"9시 반이요."

"그럼 우린 10시 반에 기자회견을 준비해. 그리고 놈들의 자백이 담긴 영상을 편집해서 아예 기자들에게 줄 수 있도록 USB로 만들어."

"좋습니다!"

시간은 넉넉했다.

미리 알지 못했다면 당황했을 것이나 어느 정도는 예상
했었다. 때문에 미리 확보한 증거를 효과적으로 활용할 수
있도록 대비했다.

그리고 생방송을 통해 경찰청의 사건 브리핑을 지켜봤는
데, 하도 기가 막혀 헛웃음이 터지고 말았다.

일본 명문가의 자제를 노린 테러라니?

그것도 새로운 기업 전설을 써 내려 가고 있는 유망한
SSL 그룹 대표를 시기해 목숨을 노렸다는 얼토당토않은
헛소리였다.

"미친놈들이네요!"

"지금 범죄자들을 데리고 한참 조작하고 있겠구먼!"

"그 계획서를 입수해야겠습니다."

"그거 좋네. 그런데 다쿠야, 네 부담이 더 커지게 됐는데
괜찮아?"

"미안하다. 같은 경찰로서 얼굴을 들기가 부끄럽다."

"잘못되면 자리를 내놔야 할 텐데?"

"내놓긴 왜 내놔! 여차하면 사표 쓰고 정치나 할까 보
다!"

"정치? 그거 좋지!"

그저 지나는 말로 들리지 않았다.

다쿠야는 일본인으로서는 보기 드물게 객관적이고 합리적인 사고방식을 지녔다. 명문가 출신이지만 아무래도 서자로 태어나 약자가 될 수밖에 없었던 성장 배경이 저항적이며 비판적인 시각을 가지게 만든 것 같았다.

그래서인지 그 말을 듣는 순간, 소이치로는 전율이 돋았다. 그를 내세워 일본 정치판을 뜯어고치면 될 것 같다는 희망과 강력한 의지가 샘솟았기 때문이었다.

"학벌 좋아, 경력도 훌륭해, 거기다 배경도 좋잖아!"

"왜 이러십니까. 대표님."

"매부. 그림 좀 멋지게 그려 보자. 일단 나고야 참의원 선거는 따 놓은 당상이니까 어렵지 않을 거고 문제는 야당 중에 하나를 골라 갈 것인지, 아니면 창당할 것인지 고민해 보자고."

"하하하! 정말 왜 그래?"

"나 농담 아니야. 일단 불부터 끄고 다시 얘기하자. 이젠 정말 판을 뒤집을 때도 됐잖아!"

브리핑이 끝나자마자 난리가 났다.

일본 열도가 들썩일 정도로 엄청난 파장이 일었는데, 중간 조사 결과이고 아직 배후를 확정하긴 어렵다고 말했음에도 일본 국민들은 한국을 성토하며 기사 댓글에 욕으로 도배를 했다.

브리핑 내용 그 어디에도 한국이라는 단어는 나오지 않았다. 하지만 불순한 세력이라느니, 일본 기업인을 시기했다느니 하는 표현만으로 한국을 특정한 이가 많았고 일부는 북한까지 끌어들였다.

이런 상황이라면 한국이나 북한에서 공식 입장이 나올 것도 같은 폭발적인 반향이 섬나라를 뜨겁게 달궜다.

하지만 반전의 불씨는 최초로 사건을 입수했던 마루노우치 경찰서에서 살아나기 시작했다.

"도쿄 경시청 정보과장 아사마 다쿠야입니다. 이번 사건을 접수해 1차 조사를 완료한 담당관이며 보고서를 올린 장본인입니다."

- 이미 경찰청에서 기자 브리핑을 했는데, 혹시 그사이에 추가적인 내용이 더 발견된 겁니까?

"긴 말 하지 않고 영상부터 보겠습니다."

백문이 불여일견이라 하지 않던가!

기자회견장에 마련된 대형 스크린에 준비된 영상이 흘러나오기 시작하자 장내는 쥐 죽은 듯이 조용해졌다.

왜냐면 죄수복을 입은 피의자들의 인터뷰가 생생히 재생되기 시작했기 때문이다. 그런데 그 내용이 방금 전에 경찰청 브리핑 내용과 하나도 맞지가 않았기 때문이다.

질문이 나올 만도 했지만 30분여 간 진행된 영상이 끝나자 더 이상 질문할 것도 없었다. 범죄의 동기와 과정, 그리고 배후까지 너무도 명백하게 드러났기 때문이었다.

- 이게 정말 다 사실입니까?

"그건 피의자 인적 사항을 확인하면 금방 드러날 일입니다. 제가 상부의 결정과 다른 수사 결과를 여러분 앞에 보여 드릴 수밖에 없는 안타까운 입장인 것이 송구스러울 뿐입니다."

- 그럼 대체 경찰청에서는 왜 그런 말도 되지 않는 브리핑을 한 겁니까?

다쿠야는 대답 대신 단상 옆으로 빠져 나오더니 허리까지 깊이 머리를 숙여 인사했다. 그건 경찰을 대표한 사과였다.

명백한 거짓과 조작을 두고 볼 수 없었던 입장임을 밝힌 것이며 조직의 일원으로서 쉽게 용인되지 않을 행동을 취한 것이지만 비판에 익숙한 기자들도 이의를 제기하진 않았다.

왜냐면 보통의 용기로는 행할 수 없는 초대형 내부 고발이었기 때문이다. 게다가 이번 사건의 배후가 미쓰비시라는 것이 드러났기에 모든 상황이 어떻게 된 것인지 짐작이 됐다.

돈과 권력을 쥔 적폐 세력들이 또다시 국민을 속이고 희롱했다는 사실에 분노하지 않을 수 없었다.

- 이제 어떻게 되는 겁니까?

"저는 관련 자료를 이미 상부에 보고했습니다. 그런데도 전혀 다른 결과가 나온 것을 보며 제 자리만 보전할 수는 없다고 판단했습니다. 이제 할 일을 마쳤으니 제 자리로 돌아가 상부의 조치를 기다릴 생각입니다."

짝! 짝! 짝!

누군가 박수를 쳤다.

누군지 확인할 것도 없이 다들 그 격려의 박수 행렬에 동참했다. 그런데 그 박수를 시작한 당사자가 뒤에서부터 걸어 나오더니 급기야 단상으로 올라섰다.

기자들은 깜짝 놀랐다. 그 사람은 다른 누구도 아닌 테러의 목표였던 아유카와 소이치로 대표였기 때문이다.

이미 어저께 이 사건과 관련된 자료를 배포했다.

그건 다쿠야가 상부에 보고한 내용과 흡사했다. 경찰청이 무시했다시피 기자들도 똑같이 받아들였던 것이다.

그러나 부족했던 퍼즐이 다 맞춰지자 어제 왜 그런 인터뷰를 진행했는지 확실히 알게 되었고 인정할 수밖에 없었다.


"그들은 저를 죽이려고 했습니다."

- 도대체 미쓰비시 그룹이 왜 살인까지 사주한 것이죠? 저희가 모르는 뭔가가 있는 겁니까?

"어제 말씀드리지 않았습니까? 저희 SSL 투자금융은 일본 금융계의 체질을 개조해야 한다고 믿었고 가장 큰 걸림돌인 미쓰비시 은행을 시장에서 축출해야 한다고 생각했습니다. 하지만 누굴 죽이거나 부정한 방법을 동원하지 않았으며 합법적인 수단을 동원해 해체되도록 압박을 가했을 뿐입니다."

- 그게 경쟁자를 죽일 이유가 되나요?

"그건 제가 묻고 싶은 말입니다. 주동자인 저를 죽이면 간단히 해결될 것이라고 생각한 것 같습니다. 늘 그래 왔듯이!"

이미 증거는 차고 넘쳤다.

하지만 소이치로는 아예 못을 박아야 한다고 판단했다. 그래야 이후 또 다른 수작을 부릴 수 없을 것이며 스스로 자멸할 것이라고 봤다.

그런데 마지막 구절이 문제였다.

늘 그래 왔다니?

하지만 그건 소이치로가 던진 낚싯밥이었고 여지없이 물고 늘어지는 친 미쓰비시 성향 기자가 공격을 가했다.

– 이 사건의 증거는 비교적 명확한 편이지만 그 또한 검증이 필요하다고 생각합니다. 그런데도 미쓰비시가 늘 그래 왔다는 표현은 심각한 모독이며 법적인 책임을 져야 할지도 모르는데, 감당할 수 있겠습니까?

"물론입니다. 필요하다면 자료를 제공하겠습니다."

– 자료라니요?

"과거 제국주의에 기생해 수많은 패악에 앞장섰으며 이후 현 시점에 이르기까지 얼마나 많은 노동자들을 죽음으로 내몰았는지 그 내용을 뽑아 책으로 내면 장편 소설로도 부족할 겁니다. 제 의견에 이의가 있다면 고소하라고 하십시오."

– 그렇게 자신이 있나요?

"물론입니다. 저를 또 한 번 건드리는 순간, 저는 제가 가진 모든 것을 동원해 미쓰비시로부터 억울한 일을 당한 분들의 소송을 적극적으로 도울 것입니다."

히타치는 뭐가 다르냐고 나온다면 할 말이 없었다.

하지만 너무도 당당했기 때문일까?

이후 그 어떤 기자도 관련된 질문을 던지지는 못했다. 하시라도 빨리 기사화하고 싶었던 기자는 소이치로가 다쿠야와 함께 인사를 하자 썰물처럼 빠져나갔다.

"이제 드디어 둑에 구멍이 생긴 건가?"

"구멍 정도가 아닐지도 몰라요. 안 그래도 무능력하고 부패한 정권에 대한 불만이 팽배했는데, 내각 불신임으로 이어질지도 몰라요. 그런데 다쿠야, 당신은 정말 괜찮겠어요?"

"사건이 마무리될 때까지는 자리를 지켜야겠지만 결국 사표를 써야 할 겁니다. 걱정해 줘서 고맙습니다. 모모에."

"이참에 정치를 하는 건 어떨까요?"

"하하하! 어떻게 매부랑 똑같은 말을 하십니까!"

모모에도 기지회견에 동참해 모든 과정을 지켜봤다.

아주 속이 후련했지만 경찰 간부인 다쿠야의 내부 고발

이 염려스러운 것도 사실이었다. 일본 공무원 조직은 기형적일 만큼 경직되어 있다.

상관의 지시를 어기거나 항명하는 것 자체를 용인하지 않는 분위기다. 옳고 그름을 떠나 조직의 보신이 가장 중요한 명제이며 개인의 일탈을 용납하지 않는다.

때문에 다쿠야의 인생 여정은 수정이 불가피해 보였던 것이다. 오늘 드러낸 당당하고 강직한 태도는 정치인들이 가져야 할 덕목이라는 생각이 들었던 것이다.

"거봐. 모모에도 네가 정치를 하는 것이 어울린다는 말을 하잖아."

"생각을 좀 해 봤는데, 거기가 더 지저분한 곳이더라고."

"그렇지. 온통 썩었다고 봐야지. 하지만 변화할 때가 됐어. 스미토모 가문과 협력해 나고야와 오사카를 아우르는 새로운 진보정당을 세우자고. 젊고 신선한 인재를 등용해 일단 안정된 의석부터 확보하고 국가 재건을 위한 대통령제 개헌도 추진해 보자고."

"대통령제?"

소이치로는 더 이상 말하진 않았다.

여러 구상이 뇌리에 맴돌며 꽤나 멋진 그림을 그리고 있었지만 모든 일에는 순서가 있는 법이다.

절대 서두르면 안 되며 추진 당사자인 다쿠야가 먼저 의욕을 가질 수 있게 설득하고 유도할 필요가 있었다.

사무실로 복귀하기 전에 병원부터 들렀다.

따능을 진단한 의사는 고개를 절레절레 저었다. 관통상을 입고 수술한 여성이 이틀 만에 이렇게 빨리 호전될 수는 없었기 때문이다.

결국 퇴원에 동의했다.

문제는 안 사장이었는데, 그도 이젠 많이 회복되어 직원들의 보고를 받고 업무를 수행하고 있었다.

"안 사장님. 그냥 푹 쉬십시오."

"괜찮습니다. 다 끝난 것 같지만 이제부터가 중요합니다."

"네. 알고 있습니다. 그래도 안 사장님은 쉬십시오. 그동안 너무 바쁘게 달려오셨습니다. 이번 기회에 푹 쉬면서 건강부터 완전히 회복하고 복귀하십시오."

"으음…… 미국에는 안 가십니까?"

"아무래도 미뤄야 할 것 같습니다. 여러분들이 고생하신 덕분에 SSL은 잘 돌아가고 있는데, 미쓰비시 문제를 마무리하기 위해서는 제가 직접 챙겨야 할 것 같습니다."

그렇다면 소 대표가 워낙 바빠 일본 일은 자신이 도맡아야 한다고 생각했던 안 사장도 한결 마음이 가벼워지게 되었다.

소이치로는 야마토를 통해 그에게 전담 간병인을 붙여 달라고 요청했는데, 익히 안면이 있는 여성이 일하고 있었다.

야마토의 막내 고모로 보기 드문 미인이다. 간호사 자격을 갖춰 전담 주치의와 함께 아유카와 직계가족들의 건강을 챙기는 일을 오랫동안 해 온 분이다.

그런데 잠깐 머물렀음에도 안 사장이 그녀를 꽤나 의식하고 있다는 느낌을 받았다. 그래서 병문안을 마치고 나온 소이치로는 야마토에게 그녀에 대해 확인했다.

"야마토. 마유미 고모가 몇 살이시지?"

"50살. 그렇게 안 보이지?"

"그래! 갓 마흔이나 됐을까 싶었는데, 잘됐네."

"뭐가?"

"사별하시고 아직 혼자시지?"

"왜 그러냐니까?"

"안 사장님이 마유미 고모를 좋아하는 것 같아서."

"에이. 이제 일하신 지 하루 됐어. 오버하지 마."

"뭐지? 너 혹시 안 사장님이 고모에 비해 부족하다고 생각하는 거야?"

"……."

야마토는 대답하지 않았다.

그건 안승태 사장에 대해 잘 모르기 때문이라기보다는 고모에 대한 애정이 그만큼 각별하다는 의미였다.

하지만 장성한 1남 1녀를 잘 키운 그녀가 남편과 사별한 지 10년이 넘었다면 이제 좋은 남자를 만나 노후를 편히 보내면 좋겠다는 생각이 들었다.

물론 소이치로 입장에서는 안 사장의 안정을 먼저 배려한 것이지만 아픈 과거를 가진 그가 일에만 집착하는 것은 바람직하지 않다고 생각했다.

마음에 드는 여인이 있다면 가정의 따스한 품에서 안정을 취하는 것이 그를 위해 최선이라고 판단했다.

그래서 야마토를 설득해 둘이 맺어질 수 있게 돕자고 했다.

"야마토. 안 사장님 좋은 분이야."

"알아. 하지만 사람이 너무 삭막하잖아. 하는 일도 그렇고."

"그렇지 않아. 그가 얼마나 순정파인데! 그건 내가 보증하니까 너도 좀 도와줘라."

"싫어. 다른 건 몰라도 고모 연애에 끼고 싶지는 않아."

"너 왜 그러냐? 혼자 사는 게 편할 것 같아? 늘그막에 서로 기댈 수 있는 사람이 있으면 좋잖아. 그리고 안 사장님, 네가 생각하는 것보다 좋은 분이야. 자산이 수백억 대이고."

"수백억?"

그건 사실이었다.

그는 정보를 다루는 사람이다. 일찍이 주식에 눈을 떠 한국 대기업 우량주에 투자했고 몇 번의 모험적인 투자마저 성공해 대단한 부를 이뤘다.

그런데도 자신을 도와 고생을 자처하고 있기 때문에 더더욱 마음의 빚이 컸다. 특히 현우와 소정을 살뜰히 챙기는 모습은 친형처럼 느껴질 정도로 깊은 정을 느끼게 만들었다.

때문에 그가 원하는 것이라면 뭐든 돕고 싶었다.

야마토가 그의 재산에 반응한 광경은 의외였지만 역시 중년 남자는 안정감이 중요하다는 것을 새삼 확인한 계기였다.

"난 고모가 이제 일을 그만두고 편히 여생을 즐길 수 있는 짝을 만나면 좋겠다는 생각을 했어. 안 사장님은 충분한 자격을 갖춘 분이고."

"알았어. 내가 고모의 마음을 떠볼게."

"떠보는 정도로는 안 되지. 안 사장님의 매력과 장점을 적극적으로 어필해 봐."

"고모 아들을 세이프티에 집어넣는 게 지름길 아닐까?"

"누구지?"

"지금 산업기계 철도 부문에 근무하고 있어. 네가 그 부문을 구조조정 한다는 소문이 있어서 아마 뒤숭숭할 거야."

"그게 소문이 났단 말이야?"

어찌되었든 지름길을 찾긴 했다.

아들 회사의 사장이라면 관계가 좋아질 가능성이 매우 높다. 그 건의 성립 여부를 떠나 일단 발령 조치하라고 지시했다.

문제는 어떻게 그런 소문이 났냐는 것이었다.

하루토와 관련된 대화를 나눈 건 사실이지만 아직 확정되지 않은 사안인데, 미쓰이가 엉뚱한 수작을 부리는 건 아닌지 걱정스러웠다.

그래서 숙소로 복귀한 소 대표는 하루토와 통화했다. 그리고 다음 날 오전, 만나기로 약속을 했다.


"보스. 여론의 추이를 분석한 자료입니다."

"어디 좀 볼까?"

소이치로는 담담하게 자기 볼일을 봤지만 이날 일본 언론들은 전쟁이라도 난 것처럼 바삐 움직였다.

뉴스 채널에서는 경찰청의 브리핑과 다쿠야의 기자회견

을 비교하면서 진위를 가리기 바빴다. 너무도 명확한 진실을 외면할 수 없어 결국 미쓰비시만 죽일 놈들이 되고 있었다.

경찰청 장관을 비롯한 경찰 고위직들이 모두 물러나고 내각까지 연대책임을 져야 한다는 강성 의견이 주를 이뤘지만 전혀 다른 논조를 보이는 언론들도 있었다.

그래서 중요한 것이 바로 여론의 추이였다. 자료를 꼼꼼하게 살펴보던 소이치로는 아직도 충분한 여론이 형성되지 않았다는 사실에 경악하지 않을 수 없었다.

"정말이지……. 정상적인 사회가 아니야!"

"궤멸 위기라고 느낀 극우 세력의 발악이 예상보다 훨씬 강력한 게 원인인 것 같습니다."

"이런 놈들이 판을 치는 일본을 구제할 필요가 있을까? 그냥 망하든 말든 내버려둘까?"

"히든카드를 오픈하셔야 할 것 같습니다."

"그래야 하나?"

"물 들어올 때 노를 저어야죠. 기회를 놓치면 되지도 않을 억지가 판을 뒤집을지도 모릅니다."

"그럴 리는 없어. 외신은 본질을 정확히 꿰뚫어 볼 거라고."

"그건 그렇죠. 하지만 일본이 워낙 폐쇄적이고 고집불통인 집단이라 빨리 결말을 짓는 게 좋을 것 같습니다."

거짓도 자꾸 반복해 떠들면 세뇌가 된다.

이미 그런 짓으로 재미를 톡톡히 봤던 일본 정치인들은 이번에도 본질을 흐리는 수작을 부릴 가능성이 높다.

또한 반론의 여지를 만들기 위해 치사하고 더러운 짓을 벌일 가능성도 높다. 늘 당당하지만 부정할 수 없는 재벌 가문의 일원이라는 것이 이럴 때는 오히려 독이 될지도 모른다.

약점을 잡으면 비교할 수 없는 부피더라도 독하게 물고 늘어지며 태세 전환을 노릴 것이기 때문에 차단이 필요했다.

"티라뎃 총리가 한 말씀 거드셨어요."

"태국 총리가 왜?"

"대표님의 이름까지 지칭하면서 테러는 인류 공영을 해치는 중대 범죄라고 천명했고 SSL에 대한 공격은 태국 경제에도 악영향을 미치기 때문에 미쓰비시 태국법인에 대한 감찰을 진행하겠다고 발표했어요."

"오버를 하셨네."

"SSL이 태국을 대표하는 기업이라는 언급도 했습니다."

"하하하! 고맙네. 태국 국민들의 인식에 긍정적인 영향을 미치겠어."

소이치로는 윤원호가 내민 리스트를 차분하게 검토했다.

미쓰비시 그룹의 사주인 이와사키 가문의 직계존속 명단이었다. 가급적 희생을 최소화하면서 효과를 극대화하려면 누굴 잡는 것이 좋을지 살생부를 작성한다고 봐야 했다.

그런데 생각보다 오래 걸렸다.

고령의 가주를 직접 치는 것은 적절치 않아 후계 구도 안에 있는 자식들 중에 한두 명을 골라야 하는데, 감이 오질 않았다.

가급적 여성은 건드리고 싶지 않았는데, 자꾸 눈길이 가는 인물이 있었다.

**인생 2막,**
**섬나라 재벌로!**

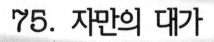

# 75. 자만의 대가

# 인생 2막,
## 섬나라 재벌로!

"이와사키 리츠코."

"둘째 딸이요?"

"그래. 본가 바로 옆에 붙어사네."

"왜 그 여자를 선택하신 겁니까? 직책도 한직인데."

"내 촉이 그래."

40대 여성을 타깃으로 찍자 윤 실장은 의아했다.

그녀보다 더 큰 영향력을 지닌 사람이 숱한데, 기껏 고른 대상이 겨우 미쓰비시 역사박물관장이라니?

하지만 촉이라는데, 할 말이 없었다.

실행하기로 결정한 이상, 신속하게 처리해야만 했다. 그래서 오늘밤 2시에 움직이기로 결정하고 윤원호가 준비하는 동안, 소이치로는 쉬기로 했다.

안승태 사장의 공석이 아쉽지만 이번 작전은 소수 정예를 동원해 소이치로가 직접 끝내야 하는 일이었다.

"따능!"

"저도 같이 가게 해 주세요."

"넌 정상이 아니잖아?"

"정상으로 만들면 되죠. 그리고 보스도 만반의 준비가 필요하다고 생각해요."

"어떻게?"

"저를 믿고 맡겨 주세요."

따능의 특수한 체질을 고려하면 납득이 될 이야기였다.

정상이 아닌 것이 걱정스러웠지만 되지도 않을 일에 무모하게 덤비지는 않을 것이라고 판단한 소이치로는 동의했다.

어차피 퇴원해서 같은 호텔에 머물고 있었다.

하지만 따능이 걸치고 온 호텔 가운을 벗자 소 대표는 시선 둘 곳을 찾지 못하고 방황해야만 했다. 가운 아래 아슬아슬한 복장을 준비해 왔기 때문이었다.

야릇한 미소라도 보이면 거부할 테지만 너무 진지한 표정에 뭐라고 다그치기도 애매했다.

"수영복 예쁘죠? 하지만 이게 가장 효과적이라고 생각했을 뿐, 저도 딴 마음은 없으니까 훔쳐보지나 마세요."

"누가 훔쳐본다고!"

"좋아요. 침대 위에 좌정하고 앉으세요."

"알아."

"보스도 가운 벗으세요."

어색했으나 그 의미에 집중하며 앉았다.

이전과 달라진 것이 있다면 등을 보인 사람이 따능이 아니라 소이치로였다는 것이다. 차라리 보는 게 낫지, 등을 보이며 앉아 있자 많이 답답했다.

하지만 집중해야만 했다.

등 뒤에 앉은 따능이 한 소리 던졌기 때문이다.

그녀의 두 손이 등에 닿고 서로의 기운이 서서히 교류하기 시작하면서 잡념이 사라졌다. 자신의 기운이 그녀의 상처를 어루만진다는 느낌도 받았다.

이대로 운기를 하면 곧 최적의 컨디션을 찾을 수 있을 것 같았는데, 문제가 생겼다. 갑자기 견디기 힘든 수마가 몰려온 것이다.

"보스. 집중하세요."

"그래."

대답은 했지만 졸음을 참지 못한 소이치로의 상체는 뒤

로 서서히 허물어졌다. 아무 생각도 없었지만 뭔가를 느꼈다.

다시없을 부드러운 촉감이었다. 그게 너무도 포근해 하염없이 파고들고 싶다는 본능에 이끌릴 뿐이었다.

실상도 그와 크게 다르지 않았다. 따능의 품에 안긴 소이치로는 잠든 아가처럼 행복한 미소를 짓고 있었다.

흐뭇한 미소를 지으며 내려다보고 있는 따능은 소 대표의 몸을 부드럽게 어루만졌다. 어찌 보면 승자의 미소일지도.


"보스. 그만 일어나셔야 해요."

"……."

"보스!"

"으응……. 지금 몇 시야?"

"1시 40분이에요. 나가기 전에 샤워는 하셔야죠."

"샤워?"

잠결에 질문을 주고받았다.

그런데 정신이 들자 화들짝 놀라 상체를 세웠다. 지금 따능의 허벅지를 베고 자고 있다는 현실을 파악했기 때문이었다.

그런데 전혀 개의치 않고 침대에서 내려온 따능은 호텔

가운을 걸치고 곧바로 밖으로 나갔다.

2시에 로비에서 만나자는 말은 잊지 않았다.

"뭐야? 이게!"

부지불식간에 자신의 중심을 체크하던 소 대표는 절로 웃음이 터졌다. 아무 일도 없었다는 안도감도 작용했지만 따능에게 속아 그녀의 판타지를 채워 준 것을 깨달았기 때문이다.

굳이 이런 방법을 쓸 필요가 없었다.

그저 가까이 머물기만 해도 서로의 기운이 긍정적인 교류를 하고 피부가 닿으면 그 시간이 단축될 뿐, 딱히 새로운 변화는 감지할 수 없었던 것이다.

어쩌면 알면서도 모른 척 속아 준 것인지도 모를 일이다.

* * *

"임 팀장과 단둘이 움직일 거야."

"보스. 저는요?"

"잠깐! 윤 실장은 임 팀장과 교신하면 되지?"

"네. 이미 주택 주변에 우리 팀원들이 잠복에 성공했고 위성을 통해 주택 내부를 꼼꼼히 살피고 있습니다."

"보스. 저도 가고 싶어요. 아시잖아요. 제가 제 몸 하나는 지킬 수 있다는 거."

"그래도 안 돼. 못 볼꼴을 보이고 싶지 않아. 지시를 어기고 따라오면 혼날 줄 알아!"

"치! 알았어요."

임무 수행용 벤에는 윤원호와 그의 측근, 그리고 따능이 남기로 했다. 소이치로는 임현만 데리고 리츠코의 저택으로 무사히 침입했다.

이미 윤 실장이 원격으로 보안 시스템을 죽여 놨기 때문에 거칠 것이 없었다. 그렇게 쉽게 월담해 정원을 건너 내실로 침입했는데, 예상치 못한 상황이 기다리고 있었다.

깜깜한 어둠 속에서 뭔가가 번쩍 날아왔다.

'큭!'

갑자기 앞장섰던 임현이 꼬꾸라졌다.

아무런 기척도 없었기에 당황하지 않을 수 없었다. 하지만 진정하고 주변을 살필 겨를도 없었다.

당장 피하지 않으면 당할 것 같다는 위기감에 전신의 털이라는 털은 다 곤두섰기 때문이다. 구르고 또 굴러 피했다.

구를 때마다 피한 자리에 뭔가가 꽂히고 있었다.

정확히 파악하긴 힘들어도 적중되면 정신을 잃을 암기인

것 같았다.

대체 얼마나 구르고 굴렀는지 모른다. 그런데도 밖으로 도망치지 않고 내실을 향해 더 깊숙이 파고들었으며 급기야 공격의 중심으로 보이는 곳을 향해 몸을 던졌다.

꽝!

소 대표가 몸을 날려 부숴 버린 것은 뜻밖에도 병풍이었다.

벽면에 붙어 있어야 할 그것이 누군가의 엄폐물로 쓰였던 것이다. 그게 쓸모없어지자 바로 몸을 빼는 기척이 느껴졌다.

믿기지 않을 속도로 따라붙었는데, 어두운 실내에서 불확실한 적을 추격하기란 쉽지가 않았다. 분명 더 빠를 자신이 있었건만 2층으로 향하는 계단을 따라 올라가서야 겨우 따라잡을 수 있었다.

이미 쓰러진 임 팀장 안위까지 고려했기에 가용한 모든 힘을 동원하고서야 겨우 미지의 적에게 주먹을 날릴 수 있었다.

팡!

"아아아악!"

상대가 손이 아닌 무기를 휘둘렀다.

시퍼런 칼날이 보였다. 인간의 피륙이 아무리 단단해도

날카롭게 벼린 무기를 맞받아쳐 온전할 수는 없다.

하지만 회수할 겨를도, 적절한 방법도 없어 없는 힘까지 다 짜내 내질렀다. 주먹에 묵직한 충격이 느껴졌지만 다행히 적이 튕겨 나간다는 확신을 느꼈다.

그리고 터진 여인의 비명 소리, 이긴 것이다.

'윽!'

승리의 기쁨에 안도하기도 전에 왼쪽 허벅지가 따끔했다.

적의 암기에 당한 것 같은데, 뻐근한 감촉과 함께 현기증이 일었지만 임현과는 달리 움직이는 데는 지장이 없었다.

일단 복도 끝에 처박혀 쭈그리고 있는 적을 향해 돌진했고 상대의 형체가 확인된 순간, 바로 머리를 잡아채 락을 걸었다.

적의 몸을 뒤집어 트라이앵글 초크를 펼친 것이다. 그런 기술을 배운 적은 없지만 상대가 여성이라면 여타 공격에는 죽음에 이르는 타격을 받을 것이라 판단했기 때문이다.

그런데 느낌이 좀 이상했다.

"포기해. 넌 제압됐어."

"흥! 너나 항복해. 죽기 싫으면!"

"넌 누구지?"

이와사키 리츠코는 47세다.

어두워 명확하진 않지만 자신이 초크로 제압한 사람은 여성이지만 너무 탱탱했다. 결코 중년 여성의 그것이 아니었다.

음성도 앳되었으며 어둠에 적응되면서 어렴풋이 보이는 그녀의 자태는 풋내 나는 이십 대라고 느껴졌다. 뭔가 이상하다고 여긴 순간, 갑자기 사방이 환해지면 눈이 부셨다.

누군가 등을 킨 것이다.

문 뒤에서 나타난 중년 여인, 그녀가 바로 리츠코라는 사실에 황당하지 않을 수 없었다.

게다가 첫 마디도 가관이었다.

"히토미의 말이 맞아! 당장 해독하지 않으면 아유카와 소이치로, 넌 죽을 거야!"

"어리석기는!"

소 대표는 곧바로 제압한 여인의 뇌에 기운을 주사해 기절시키고 득달처럼 일어나 리츠코에게 달려들었다.

아니, 그러려고 했다.

하지만 여자가 기절하지 않았다는 사실에 놀란 나머지 일어나긴 했으나 달려가지 못한 채 엉거주춤 서 있게 되었다.

그사이에 제압되었던 여자는 잽싸게 리츠코 쪽으로 달아

났고 졸지에 적의 정면에 급소를 노출한 채로 위기에 처했다.

자만이 불러온 황당한 대가에 소름이 돋았다.

"네 몸은 지금 심각한 중독이 진행되고 있어."

"고맙군!"

"항복해라. 일단 목숨은 살리고 봐야지!"

"싫다면?"

대화 분위기가 이상했다.

실제로 암기에 독을 바른 것은 사실인 것 같았다. 그것도 독성이 매우 강해 생명이 위험한 상황인 것은 분명했다.

그런데 묘하게도 당사자보다 리츠코가 더 급해 보였다. 그녀는 소이치로가 여기서 이대로 죽는 것을 바라지 않았다.

문제가 훨씬 더 복잡해지는 것이 부담이 된 것 같았다. 안 그래도 궁지에 몰린 이와사키 가문에서 자신이 죽는다면, 상황은 걷잡을 수 없는 방향으로 전개될 것을 염려한 것이다.

"그렇지! 내가 여기서 죽으면 이곳을 주시하고 있는 우리 직원들이 가만히 구경만 하진 않겠지. 죽음을 불사하고 침투하거나 그것도 안 되면 신고할 거야. 그래, 그럴 거야."

"무단으로 가택 침입을 범한 것은 너다. 지금이라도 잘 못을 빌고 항복하면 일단 해독부터 시켜 주겠다."

"남자가 위기를 모면하려고 거짓 항복을 할 수도 없고. 참 난감하네!"

말은 그렇게 했지만 몸 상태는 급격히 나빠지고 있었다.

거짓 항복으로 적을 속이는 사항계(詐降計)는 유서 깊은 전략이다. 중독이 심상치 않아 위기부터 넘기는 것이 옳지 만 이와사키 가문에게 머리를 숙이고 싶지는 않았다.

게다가 따라오면 혼내겠다고 엄포를 내린 따능의 기운이 가까워지고 있는 점도 염두에 둔 전략적 인내였다.

다만 퍼지고 있는 독을 완화하려면 내기를 활용하는 것 이 부담스러웠다.

"엄마. 그냥 죽여요. 지하 벙커로 빠져나가면 되잖아요."

"히토미!"

"아무리 기세가 좋은 조직도 대가리가 잘리면 오합지졸 이 되고 말 거예요. 일단 죽인 뒤에 모든 힘을 동원해 뒤 처리를 하면 되잖아요!"

앞장섰던 여자가 리츠코의 딸이었다.

이 큰 저택에 두 모녀만 산다는 보고에 의심을 품었어야 했다. 독종이며 이미 자구책도 있다고 봤어야 한다. 지하 벙커와 비상 탈출로가 있다는 말에 어안이 벙벙했다.

지금까지 무력을 동원해 실패한 적이 없었다. 때문에 중년 여인을 한 명 처리하려고 과도한 준비를 할 필요가 없다고 판단했다. 그게 자만이자 오판이었던 것이다.

졸지에 자신의 목숨이 저 두 여인에게 달렸다는 생각을 하자 서글픔을 넘어서는 분노가 부글부글 들끓었다.

그리고 마침내 인내의 한계를 넘어 폭발하고 말았다.

"용서치 않을 것이다!"

기가 막힌 타이밍이었다.

소이치로의 몸이 마치 고무줄처럼 쭉 늘어나면서 리츠코를 덮쳤다. 다시 한 번 암기가 발사되어 오른쪽 어깨에 꽂혔지만 분노의 몸짓을 막을 수는 없었다.

리츠코의 목을 단숨에 움켜잡은 소이치로는 우악스럽게 그녀의 머리채를 움켜쥐고 휙 던져 버렸다. 상대가 여성이라는 점을 고려하면 지나칠 정도로 과격한 공격이었다.

하지만 그래야 겨우 제압할 수 있다고 판단했다.

흥미로운 점은 식겁한 히토미가 암기를 발사하려 움직였으나 뒤에서 덮친 검은 그림자가 인정사정을 봐주질 않았다.

"아아악!"

"보스!"

"저것들부터 제압해."

"네."

따능은 실내에서 벌어진 상황을 대략 파악하고 있었다.

대기하던 밴의 컴퓨터 화면에 열 감지 센서로 포착한 동작이 구현되었으며 음성은 비교적 또렷하게 들렸기 때문에 윤 실장도 따능의 투입부터 허용했다.

소이치로를 위험에 빠뜨린 모녀를 대하는 따능의 손길은 거칠다 못해 험악했다. 확 자빠뜨려 꽁꽁 묶었으며 해독약을 찾기 위해 옷을 뒤지며 찢어발겼다.

암기로 보이는 세트만 발견했지만 해약은 보이질 않았다. 문제는 서 있던 소이치로가 스르르 주저앉았다는 것이었다.

"기회는 한 번뿐! 대답하지 않으면 네 딸년을 죽일 거야!"

누굴 협박할지 따능은 바로 결정했고 그 말이 끝나기도 전에 히토미를 끌고 와 바닥에 냅다 처박았다. 그러고는 누구도 예상치 못한 고문을 시작했다.

자신의 발로 발버둥치는 히토미의 목을 짓밟고 누른 것이다. 지나치다는 느낌을 지울 수 없었으나 효과는 확실했다.

눈을 질끈 감았다가 뜬 리츠코의 눈이 붉게 충혈되었으며 당장이라도 목숨이 끊길 듯 허옇게 눈동자가 돌아가 비명을 지르는 딸을 보더니 저항의 의지를 접었다.


"날 소이치로에게로 데려가 다오."

"왜?"

"내 타액이나 피를 먹이면 돼."

"뭐라고?"

"우린 만약을 위해 해독약을 이미 복용했거든!"

"드럽게!"

따능은 리츠코가 아닌 히토미를 끌고 갔다.

그리고는 정신이 혼미한 그녀를 번쩍 들어 벽에 기댄 채로 몽롱한 상태인 소이치로의 품에 안겨 줬다.

'키스하세요!'라는 꺼내고 싶지 않은 말을 보탰지만 소 대표가 반응이 없자 마지못해 따능이 직접 둘의 입술을 맞춰 줬다.

타액이 넘어가지 않아도 터진 히코미의 입안에 피가 고여 있었기 때문에 원하는 그림은 금방 완성될 수 있었다.

두 모녀를 다시 뒤로 꽁꽁 묶은 따능은 황급히 소 대표에게 다가가 해독 작용이 이뤄지도록 도왔다.

'이러고 있을 때가 아닌데……..'

'보스. 제발!'

"따능……. 임 팀장도 챙겨!"

"아! 네."

마침내 소이치로가 정신을 차렸다.

생각보다 일찍 깼지만 아직 온전한 상태는 아닌데, 꺼낸 첫 마디가 수하를 챙기는 말이었기에 따르지 않을 수 없었다.

따능이 임현을 치료하는 동안, 서서히 정신이 맑아진 소이치로는 일단 자리를 피하는 것이 좋다는 판단을 내렸다.

그래서 두 모녀를 들쳐 업고 현장을 벗어났다.

방심의 대가는 혹독했다.

이 둘을 데려가는 것이 여러 문제를 야기할 수 있음을 알지만 지금 상태로는 다른 방도가 없었다.

"보스. 어디로 갈까요?"

"잠깐만!"

소이치로는 리츠코의 머리에 손을 얹었다.

자신이 묵는 호텔이나 히타치, SSL 관련 장소로 갈 수는 없었다. 그래서 그녀의 기억을 읽어 내 고토의 별장으로 향했다.

무슨 짓이냐며 앙탈을 부리던 리츠코는 자신만의 은밀한 아지트를 찾아낸 소이치로를 보며 몸서리를 쳤다.

본인이 감당할 수 없는 거인임을 절감했던 것이다.

그래서였을까?

"소이치로. 일단 히토미의 상태를 좀 봐 줘."

"그러죠."

곧바로 히토미의 상태를 점검하는 모습도 이색적이었다.

자신을 죽이라고 발악하던 여자가 아닌가!

하지만 본인도 온전하지 않은 상태에서 히토미의 상태를 확인하고 뭔가 조치까지 취하는 모습에 리츠코는 시선을 회피할 수밖에 없었다.

고토의 별장에 도착한 소이치로는 두 모녀와 1시간가량 씨름했다. 평소 같으면 금방 끝날 조치였으나 역시 몸이 좋지 않은 영향인 것 같았다.

밖에서 초조하게 기다리던 측근들은 소이치로가 혼자 걸어 나와 떠나자고 말하자 발길이 떨어지질 않았다.

"가자니까!"

"보스. 정말 괜찮을까요?"

"그래. 깔끔하게 정리했어. 그보다 우리가 추적당할 수도 있으니까 경호팀에게 우리가 갈 경로를 미리 알려 도로 상황을 점검하라고 지시해."

"아, 네."

그 판단은 정확했다.

앞서 점검한 경호팀은 우회를 2번이나 권장했다.

미리 함정을 파고 기다리는 놈들과 붙어 봐야 좋을 게

없다고 판단하고 아예 안전한 선택을 권한 것이다.

리츠코에게서 확인한 정보는 의외로 많고 다양했다. 가문의 사업에 관여하진 않지만 사관(史官)처럼 역사를 관리하는 역할을 감당했기 때문이다.

왜 그녀에게 끌렸는지 확인할 수 있었다.

세뇌를 통해 그녀의 행동 방향을 지정해 줬다. 의외로 의지가 강해 한 가지 부탁을 들어줄 수밖에 없었는데, 그건 다름 아닌 외동딸인 히토미의 안전을 보장하는 것이었다.

"보통내기가 아니고 보스를 죽이자고 했던 여자잖아요!"

"그만한 가치가 있을 거야. 내일부터 리츠코가 어떤 일을 하는지 지켜봐."

"자폭이라도 하나요?"

"진실을 말할 거야. 그건 그렇고 임 팀장은?"

"조금만 더 늦었으면 큰일 날 뻔했다고 합니다. 일단 적절한 조치를 취하고 있다니까 기다려 봐야 할 것 같습니다."

"내 잘못이야……."

작전을 시행하다 보면 예기치 않은 사고가 날 수 있다.

하지만 소이치로는 자신이 너무 교만했음을 인정했다. 긴 한숨을 쉬며 자책하더니 급기야 병원으로 향했다.

이미 새벽이 뿌옇게 밝아 오고 있는 시간이었기에 누구 한 명 피곤하지 않은 사람이 없었다.

그러나 소이치로가 가자는데 빠져나갈 사람은 없었다. 병원에 들러 임현의 상태를 확인한 소 대표는 걱정하던 안 사장에게도 들러 안심을 시킨 뒤에야 숙소로 돌아갔다.

＊ ＊ ＊

[외신과 다른 일본 언론의 논조, 무엇이 문제인가?]

[무게가 다른 양비론, 세계적인 석학들의 비난에 직면하다!]

[경찰청 장관 사임. 그것이 의미하는 바는?]

[미쓰비시 전격 압수 수색! 추악한 진실의 실체, 드러나나?]

[침묵의 벽 허물어졌나? 미쓰비시 내부 고발 폭발! 대체 얼마나 추악한 조직이기에.]

늦게 일어나 아점을 먹던 소 대표는 시시각각 바뀌고 있는 일본 언론의 동향을 정리한 자료를 보고받고 있었다.

역시 진실은 아무리 가려도 감춰지지 않는다는 사실을 깨닫게 해 줬다. 그러나 성에 차진 않았다. 너무 더뎠다.

부정할 수 없는 분명한 자료를 건네주지 않았던가!

하지만 그 테러 사건만으로 미쓰비시를 공격하는 것은 매국 행위라는 여론이 만만치 않았다. 극우 세력들이 입만 열면 강조하는 재벌의 효용가치를 들먹이며 일본 최대 기업을 사사로운 일로 무너뜨리는 것의 부당함을 설파했다.

"내부 고발 중에는 정말 피가 솟는 이야기도 많은데, 도대체 꼴통 보수들에게는 별 의미가 없나 봐요."

"그래서 어젯밤에 그 고생을 한 거잖아. 윤 실장, 그녀의 동향은?"

"12시에 미쓰비시 역사박물관에서 인터뷰를 한다고 몇몇 기자들을 불러 모았습니다. 그래서는 기대한 폭발력을 내기 쉽지 않을 것 같은데, 전화라도 한 번 하시죠?"

"아니야. 필요한 만큼은 모일 거야. 숫자가 중요한 게 아니고 내용이 중요한 거니까!"

"대체 뭘 밝힌다는 거죠?"

소이치로는 대답 대신 씩 웃었다.

본인도 정확히 알지 못하고 있기 때문이었다.

소이치로가 그녀의 뇌리에 심은 명령은 복잡하지 않았다.

역사 앞에 부끄러운 진실을 가감 없이 밝히라는 것이었다. 이미 자신이 알고 있는 것만 해도 적지 않았고 그것들이 세상에 드러나면 미쓰비시는 정상적인 기업 활동에 불가능하다.

딱 그거면 충분했다.

아낌없이 다 터트리라고 요구하고 싶었으나 그녀의 입장도 고려하지 않을 수 없었다. 가문이 지은 죄를 마치 그녀가 다 뒤집어쓰는 형국이 되게 할 수는 없었던 것이다.

"따능. 한국에 다녀올 거야. 예약 좀 해."

"부모님 뵈러 가시게요?"

"그래."

"예약할 필요 없어요. 윤 실장이 보스의 전용기 타고 왔거든요. 한국이라면 왕복도 가능한 거리잖아요."

"잘됐네. 그렇다며 각별히 정비에 신경 쓰라고 전해. 안전이 확인되면 바로 뜰 거니까."

가토 회장과 나오미 여사를 만나기도 하겠지만 오늘이 어머니 기일이었기에 선산에 다녀올 요량이었다.

아버지 기일에도 다녀오지 못했기 때문에 한두 시간이면 닿을 수 있는 거리에 머문 지금이 효를 행할 기회라고 봤다.

소이치로는 삼엄한 경호 속에 전용기에 올랐다.

안 사장에 이어 임현까지 입원했기에 오가타가 수행을 맡았고 따능도 합류했다. 어제 따능을 통해 기운을 회복했지만 중독의 여파가 쉬이 가시지 않아 그녀의 존재가 그 어느 때보다 큰 도움이 되었다.

"보스. 드디어 리츠코 관장의 인터뷰가 시작되었어요."

"뭐야? 생중계를 하나?"

"네. 그런 힘은 있죠. 문제는 기대와 완전히 다른 이야기를 할 경우, 중간에 방송을 끊을지도 모른다는 거죠. 하하하!"

"일단 보자."

그녀는 기자들에게 준비한 자료를 배포부터 했다.

그 자료에 담긴 내용을 차분하게 설명하는 것이 인터뷰의 주요 포인트였다. 그런데 첫 번째 주제부터 무거웠다.

하시마 섬 한국인 강제징용에 대한 역사적 사실을 있는 그대로 밝힌 것인데, 듣고 있던 기자들의 표정이 가관이었다.

배상과 사죄 등 수많은 논란이 있지만 그걸 모두 무의미하게 만드는 기록과 내부 문건을 일일이 명기했기 때문이었다. 징용의 불법성을 인지했을 뿐더러 패전 후에 임금을 주지 않으려고 어떤 더러운 짓을 조직적으로 자행했는지 밝혔다.

또한 작금에 이르러 한국 대법원의 배상 판결이 나오자 일본 정부와 합심해 한국 정치인들에게 로비하고 법관들까지 매수한 기록과 상세한 대응 방안까지 정리되어 있었다.

"이거만 봐도 게임 끝이네요!"

"쉽지 않은 결심을 했네. 리츠코 관장."

"보스가 시킨 거 아닌가요?"

"양심에 꺼리는 부끄러운 진실을 밝히라고 했어. 그런데 한일 문제를 첫 번째로 꼽을 줄은 몰랐지. 그건 단지 한국과의 문제라고만 볼 수 없어. 차후 북한과의 전후 배상도 걸려 있고 비슷한 소송이 줄을 이을 거거든."

"여하튼 미쓰비시는 그렇게 끝장이 날 것 같습니다. 가문에서는 배신자로 낙인이 찍힐 텐데, 우리가 보호해 줘야 하는 거 아닌가요?"

"그렇게 녹록한 여인이 아니야. 내가 당해 봤잖아. 하하하!"

* * *

전용기였기에 굳이 인천공항에 착륙하지 않았다.

원주공항은 난생 처음이었지만 실제 위치는 횡성이라서 고향인 영월군 내덕리에 훨씬 가까웠다.

출발할 때 연락해 큰 기대하지 않았으나 막내 여동생 미희 집에 도착하자 미경도 와 있었다. 이젠 진실을 밝힌 상

황인데도 여전히 젊은 오빠가 생경한지 넙죽 인사를 하지
못했다.

"너희들. 오빠한테 인사 안 해?"

"새파란 총각 같은데, 어떻게 존칭을 해……요!"

"니들이 언제부터 나한테 존칭을 썼다고! 이리 와."

혼내기는커녕 와락 안아 줬다.

싫어하지는 않았다. 원래 박상우는 그렇게 살가운 성격
이 아니었다. 때문에 여동생들에게도 이런 적이 한 번도
없다.

늘 미안하고 안쓰러웠기 때문이다.

그런데 처음인데도 나쁘지 않았다. 여동생들은 낯설게
느껴질지 몰라도 상우에게 그녀 둘은 늘 어리게 느껴지는
여동생들이었기 때문이다.

게다가 오빠의 든든한 지원을 받는 미경, 미희는 요즘
세상 살 맛이 나던 중이다.

"오빠. 우리 과수원 보러 갈래?"

"아! 등기 이전까지 다 끝났나?"

"응. 오 이사라는 분이 제법 일을 좀 할 줄 알더라고."

"하하하. 그래? 일단 엄마 아버지 산소부터 다녀오고 구
경 가자. 옛날에 우리 큰집 과수원 서리하러 가고 그랬는
데……."

"씨! 그건 말도 하지 마. 조카들이 사과 좀 따 먹었다고 종아리를 때리는 아저씨가 어디 있냐고! 과수원 판 돈으로 원주 시내에 건물을 샀다는데, 쫄딱 망했으면 좋겠어."

미희의 악담에 다들 크게 웃었다.

그것도 다 형제들이 넉넉한 삶을 누리게 되었으니 가능한 일이다. 물려받은 재산 하나 없는 작은집의 설움은 겪어 보지 않은 사람은 모른다.

특히나 시골에서 농사를 지으면 더더욱.

아들 하나 잘 가르쳐 보겠다고 부모님이 서울로 올라가 장사를 하셨어도 궁핍했던 삶이 크게 나아지진 않았다.

인생 2막을 열지 못하고 그냥 생을 마쳤다면 이런 흐뭇한 장면도 없었을 것이라는 생각이 들자 감사한 마음에 가슴이 벅차올랐다.

"미경아. 너도 필요한 거 있으면 말해. 오빠가 다 해 줄게."

"됐어. 정훈이 아빠가 정규직으로 취직해서 꼬박꼬박 돈 벌어 오는데 뭐."

"너 미용실 있는 상가를 통째로 사 줄 테니까 이제 일하지 말고 놀러나 다녀."

"오빠! 난?"

"넌 소원 이뤘잖아?"

"나도…… 아니다. 과수원 해야지. 사람 욕심이 끝이 없나 봐."

"얼씨구! 혼자 북 치고 장구 치네?"

이런 호사라도 누리지 못한다면 고생한 보람이 없을 것이다. 그래서 뭐든 동생들이 원하면 다 들어주기로 했다.

둘 다 고생하며 큰 탓에 과욕은 부리지 않아 고마웠다.

성묘하러 올라갔는데, 다들 흐느적거리다 부둥켜안고 울었다. 부모님에게는 누가 먼저랄 것 없이 다 죄송스러웠기 때문이다.

소 대표도 오랜만에 속 시원하게 울었다.

흥미로운 점은 따능을 비롯한 측근들은 전혀 예상치 못한 소 대표의 행동에 놀라 슬금슬금 자리를 피했다는 것이다.

"우리 집에서 자고 가."

"안 돼. 서울로 올라갈 거지? 우리 집으로 가자."

"그만. 너희들 얼굴 봤으면 됐어. 난 들를 데가 있어서 그만 가 봐야 해."

"오빠 너, 설마 그년 보러 가려는 거야?"

"설마?"

서로 자기 집으로 가자던 여동생들이 엉뚱한 생각을 하는 바람에 벙 졌다. 여동생들도 현화가 아직 살아 있고 한국에 머문다는 것을 알고 있었던 것이다.

그 연결고리가 현우라는 사실에 적잖이 놀랐다. 차마 고모들이 현우에게는 모지게 말하지 못했으나 박상우에게는 아주 단호한 모습을 보인 것이다.

오해의 소지가 보였기에 몇 가지 자초지종을 말해 줬고 그런 걱정은 붙들어 매라는 말도 보냈다.

하지만 동생들과 헤어져 속초로 향하던 소이치로는 오 이사에게 전화를 넣어 몇 가지 내용을 확인했다.

그리고는 천안으로 차를 돌렸다.

'퇴원을 했다고?'

'어떻게?'

오 이사가 현화의 동정을 꾸준히 체크하고 있었다.

혹시나 궁금해 확인했는데, 복역 중이던 김동호는 끝내 미쳐서 정신병원에 입원했고 거기서 자살했다는 소식을 들었다.

온몸에 소름이 돋는 기가 막힌 소식이었다. 미처 신경 쓰지 못한 사이에 불구대천의 원수가 제멋대로 세상을 등졌다는 사실이 달갑지 않았다.

죽을 자격도 없는 놈이라고 여겼는데, 너무 쉽게 보냈다는 생각이 가시질 않았기 때문이다. 그래도 이미 간 사람을 더 원망할 수는 없는 노릇, 그 사안에 대한 정리가 필요했다.

"윤 실장. 안 사장과 통화 좀 연결해 봐."

"네. 그런데 저도 미처 말씀 드리지 못한 것이 있습니다."

"뭐?"

"안 사장님이 대가 되면 직접 보고 드린다고 해서 기다렸는데, 보스가 먼저 알게 되신 것 같아 죄송합니다."

"말해 보라니까."

뭔가 분위기가 아주 이상하다고 생각했는데, 윤원호의 보고를 접한 소이치로는 정말 큰 충격을 받았다.

현우가 제 엄마를 극진히 보살피는 것까지 관여할 수는 없다. 본인이 노력해서 번 돈으로 치료비를 대는 것도.

그런데 마이너리그에서 기회를 노리던 시기에도, 이제 메이저리그에 진출해 자기 입지를 다지는 매우 바쁜 와중에도 현우가 한 달에 한 번씩 꼭 한국을 다녀갔다는 것이다.

다녀갈 때마다 현화의 병세는 눈에 띄게 호전되었고 급기야 퇴원까지 하게 되었다는 말을 듣고는 더 이상 참을 수 없어 안 사장과 통화를 하게 되었다.

# 인생 2막,
## 섬나라 재벌로!

# 76. 빌어도 시원찮을 년이!

# 인생 2막,
## 섬나라 재벌로!

'현우가 대표님의 재능을 물려받은 것 같습니다.'

"무슨 재능이요?"

'치유의 능력 말입니다!'

"그, 그게 정말입니까?"

'그것 말고는 설명할 길이 없습니다.'

얼마나 놀랐는지 말까지 더듬었다.

그러나 현화가 회복된 게 사실이라면 그의 판단은 틀리지 않았다. 그였기 때문에 가능한 예측이며 부정하거나 무시할 수도 없었다.

중요한 것은 자신이 뒤흔들어 놓은 것을 어떻게 치유시

켰냐는 것인데, 안승태는 상태를 직접 확인해 보길 권했다.

퇴원은 했지만 온전할 것 같지 않다는 게 그의 생각이었다. 그래서 다시는 보고 싶지 않은 그녀의 행방을 찾아갔다.

"보스. 저기 저 집인 것 같습니다."

주소지를 찍어 찾아간 곳은 천안에 가깝지만 실제로는 아산시 영인면에 위치한 영인산 자락 능선이었다.

인근에 골프장도 있다지만 외진 지역에 멀뚱히 홀로 자리한 양옥이었다. 지은 지 상당히 오래된 주택이지만 새 단장을 했는지 겉으로 보기에는 깔끔했다.

발길이 떨어지지 않아 일단 윤원호가 파악하고 있는 정보부터 확인했는데, 천안에 사는 오빠 집이 가까워 이곳을 선택한 것 같다고 했다.

"그놈이 맡아 주지 않았을 텐데?"

"네. 현우가 찾아와 누차 부탁을 했고 매월 수고비를 보내 주기로 한 것 같습니다."

"그러면 그렇지! 하여간 검은 머리 짐승은 함부로 거두는 게 아니라니까!"

윤 실장이 뭐라고 대꾸를 하려다 참는 게 보였다.

대충 짐작은 간다. 누나가 학비를 보태 한의대를 나왔고 결혼할 때도 한 밑천 보태 줬다. 정작 자신의 여동생들이 결혼할 때는 뭐 하나 챙기지도 못했으나 아내가 금쪽처럼 아낀 처남을 위하는 것까지는 말리진 못했다.

때문에 아무 이유 없이 누나를 거부했을 리는 없다.

아마도 마약에 중독되고 도박에 손을 대면서 손을 벌렸겠지. 그건 짐작할 수 있지만 그래도 그놈이 그러면 안 된다.

조카가 찾아와 부탁을 했는데도, 수고비를 받다니!

"현재 저 집에는 할머니 한 분이 같이 산답니다."

"간병인인가?"

"그건 아닌 것 같고 혼자 두면 불안해서 고용한 것 같습니다."

"이놈의 자식, 오지랖도 넓지."

하는 수없이 발걸음을 뗐다.

이미 어둑어둑해지고 있는 저녁이었던지라 저 멀리 서해로 떨어지는 석양이 드리워져 제법 운치가 있어 보였다.

차를 멀찍이 대고 걸어가는데, 담 너머 마당에 두 여자가 마주 앉아 뭔가를 하면서 수다에 여념이 없었다.

나이 드신 분의 음성은 알아들을 수 없었지만 까르르 웃어 제치는 그 특유의 밝은 웃음소리는 영락없는 현화의 그것이었다.

'어떻게 저리 밝게 웃을 수 있단 말인가?'

발길이 절로 멈췄다.

그럴 일은 없을 것이라고 여겼는데, 그녀와의 좋았던 추억이 떠올라 당황스러웠다. 하기야 죽자 살자 좋아해 따라다녔고 결국 결혼까지 밀어붙였던 사람은 자신이었다.

차라리 사랑하지 않았더라면 다른 가족을 더 살뜰히 챙겼을지도 모른다. 딸과 아들까지 낳아 줬으니 뭐든 그녀가 원하는 것은 다 들어주려고 노력했다.

그래도 기러기 아빠는 되지 말았어야 했는데…….

"뉘시오?"

"……."

할머니가 몸을 일으키다가 소이치로를 발견한 것이다.

누구라고 대답해야 하는지 막막해할 때, 덩달아 일어난 현화와 시선이 마주쳤다.

그런데 소스라치게 놀란 그녀가 집안으로 도망을 쳤다.

제 잘못을 인정해서라면 이해가 되지만 소이치로가 받은 느낌은 무서워서 도주한 행동이었다.

잠깐이라도 추억이라는 것을 더듬은 자신이 부끄러워 미칠 지경이었다. 그녀에게 자신은 이제 죽음을 연상케 하는 사신, 그 외에 아무 것도 아니라는 사실에 불쾌했다.

대문을 통해 들어섰더니 할머니가 앞을 막아섰다.

"경찰에 신고할 거야. 어서 썩 나가!"

"제가 누군지 아십니까?"

"몰라! 알 필요도 없고. 현우 애미가 이상 증세를 보이는 거 보면 영락없는 나쁜 놈이겠지. 어여 나가라고!"

"……저 현우 애비입니다."

"누, 누구라고?"

"현우와 소정이 아버지라고요."

그제야 할머니의 사납던 기세가 한풀 꺾였다.

다른 건 몰라도 현우가 사람은 잘 고른 것 같았다. 친구처럼 가까이에서 현화를 돌봐 주고 건장한 외간남자도 두려워하지 않고 버티시는 것을 보니.

하지만 신분을 밝히자 주춤하셨다.

자세한 내막은 모르겠으나 그래도 한때 부부였다는 말에 고심하는 것 같았다. 하지만 그건 소이치로의 착각이었다.

갑자기 평상에 걸쳐 놓은 빗자루를 들더니 사정없이 휘둘렀다.

"이런 미친놈을 봤나! 젊은 놈이 어디 할 짓이 없어서 노인네를 희롱해. 썩 나가!"

"아이고. 할머니!"

"현우 애미야, 어서 파출소에 신고해!"

처음엔 받아들이는 줄 알았다.

하지만 그건 아마도 현우랑 쏙 빼닮은 외모 때문에 잠시 멈칫하셨던 것일 뿐, 새파란 놈이 쉰이 넘은 여자의 남편이었다는 말을 헛소리라고 치부하신 것이다.

그렇다고 힘으로 제압할 수도 없는 노릇. 하는 수없이 밖으로 쫓겨 나왔지만 이대로 그냥 갈 수는 없었다.

"할머니. 잠깐이면 됩니다. 잠깐만 현화를 만나게 해 주십시오."

"이런 미친놈! 썩 가지 못할까? 현우 애미야. 뭐 해? 어서 신고하라니까!"

"좋습니다. 밖에서 기다릴 테니 안에 들어가셔서 그 사람한테 말이나 전해 주십시오. 내가 할 말이 있다고요."

할머니도 잠시 숨을 고르며 상황을 살폈다. 몇 번이나 소리를 쳤는데, 안에서 아무런 기척이 없는 것도 의아했던 것이다.

멀쩡한 놈이 훔쳐 갈 것도 없는 외딴집에 찾아와 부탁을 하는 것도 의아했는지, 일단 열려 있던 대문부터 걸어 잠갔다.

그래 봐야 담장이 낮아 아무 소용도 없을 것 같지만 소 대표를 위아래로 몇 번이나 훑어본 할머니는 그러고 나서야 조심스레 안채로 들어갔다.

몇 번이나 뒤를 돌아보며 살피는 걸 보면서 기뻐해야 할지, 화를 내야 할지 난감했다.

그런데 안으로 들어간 그녀의 비명 소리가 들렸다. 이게 또 무슨 일인가 싶었지만 달려 들어가지 않을 수 없었다.

"어떻게 된 겁니까?"

"기절한 것 같아. 이게 다 네놈 때문이잖아!"

"잠깐만요."

마룻바닥에 쓰러져 있는 현화를 번쩍 안아 들어 소파에 눕혔다. 맥을 짚어 보니 정신을 잃은 그녀의 상태가 매우 불안정했다.

치료를 해야 하나 망설였는데, 무슨 해코지라도 할까 걱정스러웠는지 할머니가 또 나섰다.

"내가 119에 신고할 거니까 넌 꼼짝도 하지 마. 경찰서에도 전화할 거야!"

"외과적인 문제는 없으니까 그 잘난 이 사람 작은 오빠 홍진표한테 전화하세요."

"어? 홍 원장을 알아?"

"전화해서 저를 바꿔 주세요."

"가만 가만. 좋아. 기다려 봐."

정말로 홍진표한테 연락을 했다.

아무래도 현우는 멀리 있으니 이런 상황에서 기댈 사람은 그밖에 없음을 할머니도 알고 있었던 것이다.

다른 건 몰라도 대면하지 않고 통화하는 상황이라면 놈

을 통해 할머니의 제지를 막을 수는 있을 것 같았다.

전화벨이 여러 번 울린 뒤에야 겨우 연결이 되었고 할머니는 앞뒤 설명도 없이 휴대폰을 건넸다.

'여보세요. 아줌마!'

"홍진표!"

'누구세요?'

"네놈이 술 처먹고 내 차 몰래 끌고 나가 사고를 쳤지. 그때 다친 사람 치료비만 360만 원이 나왔고 100% 과실로 인정해 상대 차 수리비도 524만 원이 나왔어."

'너, 너 누구야?'

"음주운전 빼려고 합의금을 400만 원이나 더 줬고 출동한 경찰 입막음한다고 내 인맥 동원하고도 300만 원을 썼지."

'야 이 새끼야! 너 누구냐니까?'

"그러고 나서 너 우리 집에 찾아와 나한테 싹싹 빌면서 약속했지? 나중에 성공하면 다 갚겠다고. 이자까지 쳐서."

'……'

놈이 더 이상 말을 못 했다.

대면하고 있진 않지만 놈이 떨고 있는 게 느껴졌다.

왜냐면 싹싹 빌면 허풍을 쳤던 그 장면과 대화 내용은 오로지 둘만 있는 서재에서 이뤄졌었기 때문이다.

기억도 가물가물한 사고 처리 비용을 언급하자 웬 사기꾼인가 싶었을 테지만 아무도 모를 기억을 들춰내자 소름이 돋았던 것이다.

죽은 박상우가 되살아난 착각에 빠져들 만했다.

음성도 녹음기를 튼 것처럼 똑같게 들렸기 때문이었다. 하지만 그건 사실이 아니고 말투에서 느껴지는 분노에 겁을 먹을 것이었다.

"너 당장 튀어 와. 네 학비 댄 여동생 지금 맥이 안 좋아."

'......'

"왜 대답이 없어? 정말 너 죽고 싶냐?"

'가. 간다고. 너 기다려.'

기다리라는 놈 치고 무서운 놈 없다.

그 말을 하고는 부리나케 전화를 끊는 걸 보니 놈은 오늘은 물론 내일도, 모레도 나타나지 않을 것이다.

물론 할머니나 현화의 전화도 받지 않고 씹겠지.

하지만 그게 소이치로가 원하는 바였다. 겁 많고 찌질한 놈이 나타나지 않는 게 좋고 그 대화를 듣고 있던 할머니의 눈빛이 변한 것이 더 큰 소득이었다.

최소한 현화나 홍진표와 관련이 깊은 사람이라는 인식은 분명하게 줬기 때문이다. 그 증거는 소이치로가 재차 현화에게 다가가자 조심스럽게 던진 질문이었다.

"젊은 양반도 한의사요?"

"뭐 대충 이 사람 상태는 볼 수 있을 것 같습니다."

"내가 꿈쩍도 하지 않고 붙어 있을 것이니 엄한 수작은 꿈도 꾸지 마."

"하하하. 어련하시겠어요."

일단 깨웠다.

그건 어려운 일이 아니었다.

약물 중독 증상이 사라진 그녀에게 남은 상처는 자신이 만들어 놓은 흔적뿐이었기 때문이다.

그런데 눈을 뜬 현화가 소이치로르 보더니 또다시 기겁하며 안방으로 도망을 쳤다.

이러려고 온 게 아닌데, 상황이 이상하게 꼬여 버렸다.

하지만 짐작은 할 수 있었다. 지은 죄가 있으니 감히 반항은 하지 못하고 아팠던 기억만 남아 겁에 질린 것이다.

"꼴도 보기 싫다잖아. 그냥 돌아가."

"어이가 없네요. 무릎 꿇고 빌어도 시원찮을 년이!"

"이것 봐라. 이것 봐. 쌍욕을 하잖아. 당장 나가라고!"

"홍현화! 잘 들어. 지금 나를 그냥 보내면 반드시 후회할 거다. 아니, 후회하게 만들어 주마. 당장 나와!"

협박까지 하고 싶은 마음은 없었다.

그럴 대상도 아니었고.

그런데 사정을 모르는 할머니가 끼어들어 상황이 복잡해졌다. 그냥 제압해도 되는데, 아무 죄도 없는 노인에게 힘을 쓸 수는 없었다.

그렇다면 일단 물러났다가 밤에 다시 몰래 침입해도 된다. 하지만 그러고 싶지 않았다. 왜냐면 멀쩡한 홍현화의 모습이 용서가 되지 않았기 때문이다.

그런데 협박이 통한 것일까?

안방 문이 빼꼼 열리더니 홍현화가 몸을 절반가량 보였다. 그런데 전혀 예상치 못한 상황이 벌어지고 말았다.

"현우야. 전화 받아 봐."

"뭐? 너 지금 아들한테 전화한 거야?"

"받아. 당신이랑 통화하고 싶대."

어이가 없어 미칠 지경이었다.

게다가 휴대폰을 바닥에 놓고는 얼른 문을 닫고 안에서 걸어 잠갔다. 그게 분노를 잠재울 만큼의 견고함이 있다고 믿는 게 더 화가 났다.

하지만 전화를 받지 않을 수 없었다.

희미하게 들려오는 음성이 아들의 그것이었기 때문이다.

"나다."

'아버지. 거긴 왜 가셨어요?'

"너. 나한테 할 말이 그것뿐이냐?"

'죄송해요. 하지만 엄마가 너무 무서워하셔서 저로서는 어쩔 수 없어요. 그러니까 일단 그냥 가 주세요.'

"이놈의 자식이!"

'아빠. 제발 부탁드려요.'

하늘이 무너지는 느낌이었다.

물론 녀석의 입장을 모르는 건 아니다. 하지만 막상 오랜만에 통화하는 아들이 엄마 걱정만 앞세우는 게 너무 속상했다.

당장 어떻게 하겠다는 것도 아니건만, 현화를 치료하는 능력을 가진 녀석이 아무 말도 하지 않았다는 것도 괘씸했다.

하지만 재차 부탁을 드린다고 말하자 어쩔 수 없었다.

자식 이기는 부모 없다지 않은가!

"가마. 하지만 네 엄마의 상태는 확인해야 해."

'그건 제가 알아서 할게요.'

"이 녀석! 네가 책임질 수 없는 것도 있어."

'……아빠. 믿어도 되죠?'

"곧 보러 가마. 소정이랑 같이 밥 먹자."

그놈의 밥 먹자는 말밖에 하지 못하는 자신이 답답했다.

과거에도 좋은 아빠가 되지 못했기에 인생 2막에서는 그걸 다 갚을 만큼 잘해 주겠노라 다짐을 했다.

그런데 막상 한다는 소리가 그것밖에 없다는 사실에 마음이 아팠건만 믿어도 되느냐는 말을 듣다니, 가슴이 찢어졌다.

그래서 녀석이 바라는 것을 들어주기로 했다.

네가 걱정하는 일은 없을 것이라고.

겨우 안도한 녀석이 엄마를 바꿔 달라고 했다.

"이봐! 현우가 바꿔 달래."

"그럼 밖에 나가 있어요. 무섭단 말이에요."

고구마 몇 개를 물도 없이 허겁지겁 먹은 것처럼 답답했지만 그녀가 원하는 대로 일단 자리를 피해 줬다.

이러려고 온 게 아닌데, 대체 무슨 짓인가 싶었다. 그래도 아들 입장을 생각해 어떻게 대처하는 것이 좋을지 고심했다.

그런데 아무리 생각해 봐도 용서란 있을 수가 없었다.

자식들과의 관계는 천륜이라 어쩔 수 없을지라도 부부로 만나 함께 지낸 시간을 모조리 부정하는 참혹한 짓을 저지른 대가는 치러야 하지 않겠나!

게다가 입장이 곤란해지자 아들까지 이용했다.

"들어오래."

"한 가지만 물어봐도 되겠습니까?"

"뭘?"

"아주머니는 현화랑 어떻게 되십니까?"

"나? 나는……. 그러고 보니 자넨 박 서방을 빼다 박았
군!"

"당신이 그 사람을 어떻게 아십니까?"

"내 사위니까! 나 현화를 낳은 친엄마야. 딸을 잃고 평생
숨어 살았지만."

무슨 이런 코미디가 다 있나 싶었다.

그런데 강한 의문을 품자, 윤곽이 잡혔다. 상대의 마음
을 읽는 능력이 더 성장한 것인데, 그걸 느낄 겨를이 없었
다.

이건 완전히 막장 드라마였기 때문이다.

2남 2녀 중에 막내딸인 현화는 장인이 바람을 펴 밖에
서 낳아 데려온 자식이었다. 그녀를 끔찍이 아낀 그 할머
니가 친모인 것도 사실이었다.

그리고 김동호가 거기서 튀어나왔다.

"아무리 의붓아들을 아껴도 그렇지, 현화는 당신 친딸이
지 않소?"

"사위란 놈이 미덥지 않았거든!"

"놈이, 김동호 그놈이 현화를 어떻게 했는지 모르십니
까?"

"그게 다 박상우, 그놈이 멍청해서 빚어진 업보야, 업보!"

그녀는 정상이 아니었다.

화류계 출신도 아닌 여자가 유부남의 아이를 낳고 다른 남자의 후처로 들어갔다. 그 상대가 김동호의 부친이었고 몸과 영혼이 다 털리다 못해 제 딸까지 바친 꼴이 되었다.

그 어떤 변명도 통하지 않는 짓을 하고도 엉뚱한 소릴 내뱉는 노파를 보며 그녀 또한 자신의 불행한 과거를 조장한 조연 중에 한 명임을 깨달았다.

병든 현화를 돌봐 줘 고맙다는 생각을 했던 자신의 어리석음에 이가 갈렸다.

하지만 고개를 절레절레 저으며 일단 안으로 향했다.

일에는 순서가 있는 법.

"가까이 오지 마."

"내가 가까이 가지 않아도 넌 끌려올 수밖에 없어."

"이, 이러지 마!"

아무리 발버둥을 쳐도 느긋하게 소파에 앉는 소이치로의 앞으로 질질 끌려갔다. 그리고 여지없이 무릎을 꿇었다.

다리에 힘이 들어가지 않았기 때문이다.

직접 묻는 것조차 역겨워 아무 말 없이 머리에 손을 얹었다. 현재 상황이 어떤지 확인했음은 물론 이전에 미처 밝히지 않았던 아득한 시절까지 훑어봤다.

그리고 적잖은 충격을 받았다.

"홍현화. 넌 끝까지 나를 믿었어야 해."

"……."

"죽어도 같이 죽었어야지! 그 정도는 해 줬을 텐데……."

"여보. 나 살고 싶어. 이제 그 인간도 죽었고 애들도 큰 상처 없이 잘 컸잖아!"

"넌 그런 호사 누릴 자격이 없어. 그래서 하나만 할 거다."

"뭐?"

"창피한 줄 아는 거."

말이 끝나기 무섭게 의지를 심어 넣었다.

그녀 또한 기구한 운명이라는 것을 알았지만 구차한 변명이나 용서의 말을 듣고 싶지 않았다.

그래서 간절한 마음으로 세뇌시켰다.

부끄러움을 아는 삶을 살라고.

막연한 조치였으나 더는 손을 쓰지 않고 그냥 일어섰다.

그녀는 맥없이 쓰러졌고 그 광경을 지켜봤는지, 친모가 달려 들어오며 비명을 질러 댔다. 그러나 그녀 역시 소이치로의 손아귀를 벗어날 수는 없었다.

"가자!"

"……어떻게 처리하셨습니까?"

"별일 없었어. 가자니까!"

고속도로를 타고 서울에 올라왔다.

도중에 현우의 전화를 받았다.

녀석은 따지듯 물었다. 대체 엄마가 왜 그러냐고.

무슨 일이냐고 되물을 수밖에 없었는데, 이젠 알아서 잘 살 테니까 한국에 오지 말고 하는 일에 집중하라고 했단다.

믿기는 어려웠지만 그게 자신이 바라던 결과였는지는 확신하기 어려웠다. 그래서 그냥 네 엄마 뜻을 존중하라는 말을 하고는 끊었다.

'아무리 고단한 삶을 살았어도 나를 끝까지 믿었어야지!'

현화의 잘못은 그것이었다.

상우와 만나기 전부터 엄마의 강요에 못 이겨 김동호를 만난 것까지 되돌릴 수는 없었다.

하지만 결혼해 아들딸 낳고 잘살지 않았던가!

놈이 협박하고 찾아와 행패를 부렸으면 남편에게 모든 것을 털어놓고 함께 상의했어야 한다. 쉽지 않았을 것이라는 점은 이해하지만 그래도 본인으로 인해 가정이 파탄 날 것을 왜 몰랐단 말인가!

'이젠 어쩔 수 없어!'

다행히 정은 확실히 뗐다.

또한 더는 자식들에게 민폐를 끼치지 않을 것도 같았다.

그렇다면 이젠 아예 관심에서 지워 버리는 것이 최선이었다.

다시는 답답한 그 상황을 마주하고 싶지 않았다. 현우가 걱정스러웠지만 시간이 해결해 줄 문제라고 생각했다.

* * *

"아직도 우리 나오미 여사가 롯데와 선을 이어 가고 있나?"

"아닙니다. 요새는 다른 데 관심을 가지고 계십니다."

"다른 데?"

"그건 성아영 사장에게 물어보시죠."

"뭐야? 삼성하고 뭘 한다는 거지?"

가토 회장과 나오미 여사는 일선에서 물러났다.

그래도 아직은 가문의 자산을 운용할 수 있는 권한이 있기 때문에 무엇이든 가능하긴 했다.

그래도 아들이 절치부심 가문의 재정을 건전화시키고 사업 규모를 대폭 축소한 마당에 새로운 걸 자꾸 모색하는 것은 반가운 일이 아니었다.

게다가 삼성은 그녀가 함부로 대할 수 없는 세계적인 기업이 되었다. 현실을 직시하지 못하고 대하면 마음의 상처만 입을 수 있는데, 당황스러웠다.

문제는 성아영이 그 내용을 잘 알고 있음에도 그에 대해서는 일절 언급하지 않았다는 것이다.

"나오미 여사부터 만나야 하나?"

"오늘 회장님과 함께 서울로 오신다고 합니다. 성 사장도 오늘 아침 입국했고요."

"뭐지?"

어차피 만나서 직접 물어보면 된다.

그래도 아무 정보 없이 만날 수는 없어 일단 윤 실장이 파악하고 있는 것부터 확인했다.

그런데 다행스럽게도 나오미 여사는 바이오에 관심을 가지고 있었다. 아무래도 삼성그룹 이 회장이 주력으로 미는 사업 부문이기 때문이 아닌가 싶었다.

그래도 성아영과 맞닿은 점은 다분히 의도적이라고 봐야만 했다. 그녀의 공식 직함은 박물관장이었기 때문이다.

"저희 바이오에서 진행하는 연구개발과는 전혀 상관이 없는 방향을 보고 계신 것 같습니다."

"어차피 히타치도 바이오 사업을 해야 할 거야."

"혹시 성 사장이 언급한 그것 때문입니까?"

"그것도 그렇고 사실 한국이나 일본만큼 섬세한 기술력과 과학 기반이 든든한 나라도 드물거든. 어차피 본사는 SSL이니까 한국과 일본에 거점을 만드는 것도 나쁘지 않지."

소이치로의 이 결정은 차후 신의 한 수가 되었다.

하지만 일본에서의 사업을 언제까지 줄이기만 할 수는 없다. 1억 2천만의 인구를 가진 꽤 큰 시장이기 때문이다.

다만 히타치의 명판을 떼고 하나씩 하나씩 SSL로 옮기는 것이 바람직한데, 그 과정이 매끄럽고 자연스러워야 한다.

때문에 바이오 사업처럼 새로운 사업을 벌이는 것은 일거양득이었다. 구조조정의 폭을 최대한 줄일 수 있기 때문이다.

측근들과 한데 모여 식사를 하던 와중에 윤 실장의 측근이 다급히 들어오더니 귀엣말로 뭔가 보고를 했다.

"보스. 현대자동차에서 연락이 왔답니다."

"누가?"

"회장이 직접 보스와의 만남을 요청했다고 합니다."

"정 회장이 직접? 내가 한국에 들어온 것을 어떻게 알고 있지?"

"현대기아차그룹, 만만히 보면 안 되는 조직입니다."

"모터스에 대한 견제인가?"

"견제가 아니고 협력일지도 모릅니다."

"우리가 차를 만들고 있는데, 협력할 게 있나? 전기수소차는 이미 현대가 한참 앞서가고 있잖아."

말은 그렇게 했지만 소 대표의 입가에는 미소가 떠나질 않았다. 그래서 저녁 식사 스케줄로 잡으라고 지시했다.

상대는 아직 자신이 덤비기 버거운 세계적인 기업가인데, 임의대로 시간과 방식을 전하는 모습에 다들 쓴웃음을 감추지 못했다.

조정될 것이라고 판단한 것이다. 하지만 그것에도 의중이 담겼다. 만약 순순히 받아들인다면 훨씬 편안한 입장에서 그를 만날 수 있을 것 같았기 때문이다.

시간이 조금 비어 오 이사를 만나러 일찌감치 호텔을 나섰는데, 예기치 못한 일이 발생했다.

"혹시 아유카와 소이치로 대표님 아니십니까?"

"네. 그렇습니다만."

"저 다케다 츠네야츠라고 합니다. 혹시 저를 모르십니까?"

갑자기 앞을 가로막고 아는 척을 하는 일본인이 나타났다.

풍기는 인상이 좋지 못해 피하고 싶었으나 로비에 적잖

은 사람들이 몰려 있었고 기자로 보이는 자까지 황급히 달려오는 바람에 회피할 기회를 놓치고 말았다.

당황한 소이치로를 구원한 사람은 오가타였다.

그는 다케다라는 인사에 대해 간략히 설명해 줬다. 역시 간사해 보이는 인상은 내면을 있는 그대로 투영한 것이었다.

일본의 수출 규제가 시행되었을 때, 한국인들이 똘똘 뭉쳐 불매운동을 펼쳤다. 그때 한국인은 일본 맥주가 없으면 못 산다는 망언을 하는 바람에 큰 반향을 일으켰던 당사자였다.

일본 맥주 수입이 급감해 한국 맥주 회사들의 성장을 도와준 고마운 인물이다. 그런 놈이 아는 척을 하자 어이가 없었다.

"한국에는 웬일입니까?"

"아! 학술회의 참석을 위해 왔습니다."

"무척 겁이 많다고 들었는데, 돌아다닐 수 있습니까?"

"그래서 기자와 경호원까지 대동했죠. 만나서 영광입니다."

"이봐요. 다케다. 지금 일본에 있는 당신 동류들이 난리가 났고 그 폭풍의 핵이 나라는 거 모릅니까?"

"아! 전 언론 보도 믿지 않습니다. 전통을 자랑하는 아유카와 가문의 후계자가 그럴 리가 없지 않습니까!"

"미친놈! 썩 꺼져!"

"네에?"

"꺼지라고. 이 쓰레기 같은 새끼야."

바짝 마른데다가 뿔테 안경을 써 슬쩍 밀기만 해도 나자 빠질 것 같은 놈이었다. 정치 비평가로 여러 방송에 패널로 나오는 놈이 언론 보도를 믿지 않는다는 말에 짜증이 일었다.

아예 상종도 하고 싶지 않아 손을 휘휘 저어 좋아냈다.

놈이 데려온 극우 언론의 기자가 이때다 싶었는지 카메라를 들이밀었지만 소이치로는 개의치 않았다.

이미 극우 인사들에게는 매국노처럼 낙인이 찍힌 터라 굳이 극우 언론의 시선까지 신경 쓰고 싶지는 않았던 것이다.

그렇게 짧은 에피소드로 끝날 일이었건만 놈을 따라온 기자가 질문을 하는 바람에 스텝이 꼬이고 말았다.

- 소이치로 대표님. 한국에는 어쩐 일이십니까?

"볼일 있어서 왔습니다. 오면서 확인했겠지만 한국은 일본과 정말 가까운 나라입니다. 이웃을 잘 만나야 한다는데, 그런 측면에서 보자면 참으로 미안하죠."

- 무슨 뜻이죠?

"기자씩이나 되는 분이 말귀를 그렇게 못 알아먹어서야 쓰나요. 말한 그대로입니다. 이제라도 관계 회복을 위해 최선을 다해야 한다는 말입니다."

- 요즘 대표적인 친한 인사로 낙인이 찍히시던데, 그에 대해 한 말씀 부탁드립니다.

"친한 인사요? 하하하! 고마울 따름입니다."


기자는 더 물고 늘어지려 했으나 소 대표는 그냥 제 갈 길을 가 버리고 말았다. 뒤에 남은 기자와 다케다는 황당한 얼굴이었으나 따질 생각은 추호도 없어 보였다.

강자에게 한없이 비굴한 극우의 진면목이었다.

그러게 착하게 살지, 왜곡과 거짓말로 점철된 인생을 사니 치안이 좋기로 유명한 한국에 와서도 겁이 나 경호원까지 데리고 다니는 신세가 된 것이다.

"보스. 그냥 모른 척하시지 그러셨어요."

"구역질이 나서! 그리고 함부로 떠들지도 못할 것들이야. 그게 아니라면 대세를 읽지 못하는 멍청이라는 것이겠지. 하하하!"

속이 다 시원했다.

일본 방송을 보면 기가 막힌 경우가 허다했다.

근거도 없이 혐한을 하고 부추기는 자들이 득세하고 객관적이며 논리적인 패널은 배척을 당한 지 오래다.

그 증상이 생각보다 훨씬 심각한데, 그 대표적인 인사를 만나 쌍욕을 해 준 것이 너무나 기분이 좋았다.

망해 가는 징조 중에 하나가 바로 놈처럼 역사적인 사실마저 부정하고 심지어 일본의 어려움에 한국이 은혜를 갚아야 한다고 지껄이는 이들도 많다.

"저는 고비만 잘 넘기면 좋아질 거라고 생각합니다."

"오가타. 그게 무슨 말입니까?"

"일한 관계 말입니다. 50대 이상의 고집불통인 자들만 혐한을 운운할 뿐, 실제 일본의 속을 깊숙이 들여다보면 한류는 이미 일본을 잠식했습니다."

"근거는 뭐죠?"

"중고등학교 다니는 조카들이 있는데, 걔들은 한국에 대해 매우 호의적이며 심지어 식민지가 되어도 좋다고 말합니다."

"일본이 한국의 식민지가 되는 것을 반긴단 말입니까?"

"그렇게 배웠거든요. 식민지는 나쁘지 않은 거라고."

"하하하! 그렇습니까?"

하기야 한국의 드라마, 음악, 음식, 패션까지 일본을 잠식하고 있었다. 겉으로는 일본의 자존심을 지켜야 한다고 외치면서도 집에 가면 한국 드라마를 보고 한국 음식을 만들어 먹는다.

이미 문화적으로, 정서적으로 한국을 따라 하고 있다.

그러니 정치권과 그 정치권의 영향력 아래에 있는 언론, 그리고 사회에 적응하지 못하는 극소수의 극우 세력만이 돌아오지 않는 메아리를 부르짖고 있는 것이었다.

경제, 정치는 물론 교육도 제대로 이뤄지지 않는 일본의 미래가 어떨지는 굳이 길게 얘기할 것도 없다는 것이다.

"아산 주택은 이제 감시하지 않아도 됩니다."

"아! 잘됐네요. 요즘은 특이 사항도 별로 없는데, 괜한 인력만 낭비하는 것 같아 죄송했었습니다."

"롯데와 관련된 자료는 좀 모으셨습니까?"

"네. 워낙 약점이 많아서 조사하는 데 어려움도 별로 없었습니다. 이게 그동안 정리한 내용입니다."

소 대표는 일단 빠르게 쭉 훑어봤다.

그렇게 봐서는 안 보느니만 못할 것 같았는데, 그렇지가 않았다. 중요한 포인트를 정확히 찾아내 몇 가지 추가적인 질문까지 던졌다.

"일본에 있는 자산을 한국으로 꾸준히 옮기고 있군요."

"네. 일본보다 한국 기업으로 인정받는 게 여러 모로 이득이라는 전략적 판단을 내린 것 같습니다."

"브레이크를 걸어야겠네요. 필요하다면 슈킹도 좀 치고!"

"슈킹이요?"

"제 말이 너무 저렴했습니까? 여하튼 길목을 잘 지키면 돈이 후두둑 떨어질 겁니다. 하하하!"

# 인생 2막,
## 섬나라 재벌로!

# 77. 아니까 그러지!

# 인생 2막,
## 섬나라 재벌로!

일본에서 자수성가한 기업인이 세운 회사다.

나름 인정해 줘야 할 부분도 있고 적절한 시기에 태세 전환을 꾀하는 것도 바람직했다.

하지만 감히 나오미 여사를 현혹한 것은 용납할 수 없다. 또한 간에 붙었다 쓸개에 붙었다, 필요에 따라 변하는 정체성이 싫었고 그 방법이 구차했기에 응징하기로 마음먹었다.

식품, 유통, 건설, 관광, 금융까지 다양한 부문에 손을 뻗었지만 수익의 대부분은 화학 부문에서 얻고 있다. 파트너가 미쓰이 그룹이기에 그들이 때리려던 뒤통수를 역으로 돌려줄 수도 있을 것 같았다.

"어? 지금 만나려고 나가던 중인데, 어떻게 된 겁니까?"

"보스가 보고 싶어서요."

"하하하! 왜 이러십니까. 설레게."

"치! 입에 침이나 바르고 거짓말을 하세요. 미리 의논을
할 게 있어서 왔어요."

이부용이 미래심부름센터까지 찾아왔다.

어차피 1시간 후에 만나기로 했는데, 부모님을 같이 만
나기 전에 나눌 이야기가 있다며 일부러 먼 길을 달려와
차를 타고 이동하면서 대화를 나누게 되었다.

그런데 이번에도 역시 예상치 못한 화제를 꺼냈다.

"중소기업을 하나 인수하고 싶어요."

"우리 이 관장님이 자금 부족 때문은 아닐 테고……. 우
리 SSL 바이오를 인수 주체로 하고 싶으신 겁니까?"

"네. 인수할 회사가 어딘지 궁금하지도 않으세요?"

"다 알아보고 꺼낸 말씀일 것 같아서요. 무조건 전 찬성
합니다."

"좋아요! 그럼 SSL 바이오 코리아를 세우죠!"

"삼성 바이오와 사업 영역이 겹치는데, 괜찮겠습니까?"

"당연하죠. 거기 주식은 2%밖에 가지지 못했지만 SSL
바이오는 제가 2대 대주주잖아요. 호호호!"

논리는 간단했다.

하지만 단순한 수치적인 문제만은 아닐 것이다. 오너 일가라도 경영에 관여할 수 없는 주주에 불과하지만 SSL에서는 자신의 능력을 마음껏 발휘할 수 있기 때문일 것이다.

그런데 그녀가 인수하려는 기업은 상장 후에 반짝했지만 연이은 연구 실패로 상장 폐지를 눈앞에 둔 기업이었다.

"굳이 망할 기업을 인수하려는 이유가 뭐죠?"

"온달제약은 이미 여러 개의 특허를 보유하고 있고 연구진의 구성도 훌륭해요. 무리한 프로젝트에 올인만 하지 않았다면 알찬 중소기업으로 살아남을 수 있었을 거예요."

"경영자가 문제인가 보군요."

"그건 보스가 직접 만나서 판단해 보세요. 사실 업계에서는 다들 성공하는 줄 알았어요. 삼성바이오에서 노리고 있었으니까 굳이 긴말도 필요 없죠."

"그렇다면 여전히 노리는 이들이 많겠군요."

"그렇죠. 망할 날만 기다리는 하이에나가 한둘이 아니에요. 그래서 보스가 한국에 온 지금이 적시라고 생각했죠."

이부용은 바이오 부문에 꾸준한 관심을 가지고 있었다.

그녀의 안목을 믿기에 의외의 선물을 받을 것 같다는 느낌을 받았다. 소 대표가 시원하게 찬성하자 이부용도 흐뭇한 표정을 감추지 않았다.

처음 봤을 때는 무척이나 부담스러운 상대였는데, 아찔했던 경험을 함께한 뒤로 확실히 깊은 신뢰가 쌓인 것 같았다.

길게 대화할 것도 없이 간단히 결론이 나자 이부용이 돌연 사적인 이야기를 꺼냈다.

"언니랑 잘된 거 축하해요."

"고맙습니다."

"그런데 두 분 사이에 제가 끼어들 수 없는 끈끈한 뭔가가 있는 것 같아요. 그게 대체 뭐죠?"

"신뢰?"

"그건 나하고도 형성된 거잖아요."

"서로에 대한 존중?"

"그럼 저는 존중받지 못하고 있는 건가요?"

"이런…… 인연이라고 해야겠네요."

"인연……이라면 할 말이 없네요. 그 인연이라는 게 어떻게 형성된 건지 더 궁금해지지만 여기까지만 할게요."

물러설 때를 아는 현명함을 보여 고마웠다.

이런 생각이 어떨지 모르지만, 인생 2막의 인연은 연이채에게 연결되었다는 생각을 한 적이 많다.

떠난 미오에게는 미안하지만 그녀와의 만남은 자의가 아

닌 책임감에서 비롯되었다. 그래도 애틋한 정을 쌓았는데, 복수를 눈앞에 뒀기 때문에 마음의 짐은 많이 덜었다.

하지만 갑자기 오쿠보에 들르고 싶어 갔다가 카페 리슈에서 연이채를 만났을 때는 소름이 돋았었다.

그 넓은 일본 땅에서 어떻게 재회할 수 있었는지, 그리고 헤어진 뒤로 그녀가 자신을 찾아 일본을 뒤집고 다닌 것도 보통의 인연은 아니었다.

"이 관장님이 우리 연 대리를 많이 좀 아껴 주십시오."

"그렇게요. 그런데 왜 자꾸 연 대리라고 부르죠?"

"글쎄요. 그게 입에 붙었나 봅니다."

연이채는 SSL 그룹 중역이다.

연인이 아니더라도 누구도 부정할 수 없는 소이치로의 최측근이며 모터스 지분을 상당히 보유한 대주주이기도 하다.

때문에 대리라는 호칭을 쓰는 것이 이치에 맞지 않는데, 전혀 스스럼없이 그게 입에 붙었다는 말을 했다.

하지만 이부용은 그냥 받아넘겼다. 아니, 그렇게 보였으나 사실은 강하게 피어나는 의구심을 꼭꼭 감췄다. 그게 둘 사이를 풀 수 있는 열쇠가 될 수 있다고 봤기 때문이었다.

"소이치로!"

"나오미 여사! 회장님도 오랜만에 뵙습니다."

"너 더 친근한 단어를 쓸 수는 없니? 여사, 회장님이 뭐야?"

"알았어요, 마마."

"아! 이 관장도 벌써 와 있었네요?"

"네. 오랜만에 인사드려요. 그간 평안하셨죠?"

"덕분에. 호호호!"

'덕분에'라는 말을 스스럼없이 쓰는 것을 보며 이부용은 역시 보통내기가 아님을 확인할 수 있었다.

그녀가 나오미 여사와 안면을 튼 시점이 한 달도 지나지 않은 것으로 알고 있다. 그런데도 환하게 웃으며 서로 포옹할 정도로 친해진 광경은 소이치로를 어리둥절하게 만들었다.

다분히 이부용의 의지가 담긴 행위가 있었음을 부정할 수 없었다. 소이치로와 함께 일하게 되면서 누구를 어떻게 대하고 관리해야 하는지 이해한 선도적인 행동이었던 것이다.

그녀로 인해 롯데의 야심이 꺾인 점은 부수적인 효과였다.

"아들. 우리가 같이 새로운 걸 해 보려고 해."

"뭔데요?"

"바이오. 이 관장이 SSL 바이오 대주주라면서?"

"네. 그 부문 전문가죠."

"히타치는 아직 바이오는 손대 본 적이 없잖아. 그래서 네가 좀 도와주면 우리 아주 잘할 수 있을 것 같은데, 어때?"

"원죄가 있는 히타치의 이름으로 한국 땅에서 사업을 할 수는 없습니다."

"너! 요즘 대체 왜 그래?"

나오미 여사가 보수 강경파라는 것을 깜빡했다.

가토 회장을 통해 전반적인 설명을 다 듣고 있음에도 그녀는 기득권층이 다 한편이라는 고정관념을 지닌 분이었다.

미쓰비시를 치기 위해 그런다고 들었지만 그게 전부는 아니다. 미쓰비시의 패망을 기화로 일본 정계는 물론 경제계와 사회 전반에 혁명에 가까운 변화와 혁신이 이뤄질 것이다.

때문에 생각이 많아질 수밖에 없는데, 느닷없는 나오미 여사의 반발에 아들은 쓴웃음을 지을 수밖에 없었다.

"사모님. 제가 생각을 좀 해 봤는데, SSL 바이오 코리아는 어떠세요?"

"SSL과 협력한다는 건가?"

"네. 어차피 핵심 기술을 공유해야 하고 각기 역할을 나눠 전문성을 살릴 필요가 있거든요. 그리고 결국은 소이치로 대표가 맡아 경영해야 하잖아요."

"그렇긴 하지. 네 생각은 어때?"

"한국은 피 튀기는 전쟁터입니다. 경쟁에서 살아남으려면 조그마한 빈틈도 보이면 안 되죠. 특히나 국민 정서에 반하는 기업 활동은 그 어떤 수단을 동원해도 막을 수 없습니다."

"공정과 정의가 시대의 흐름이라잖아!"

"그 대신 숨 가쁜 경쟁을 이기고 나면 세계적인 역량을 갖추게 될 테니 도전은 불가피하다고 생각합니다."

"도전? 도전이라고?"

평생 도전이라는 것을 해 보지 않은 사람이다.

뭐든 마음을 먹고 추진하면 사방에서 도와줬다. 역량이 부족해 실패한 경우는 있어도 실패를 고려한 적은 없었다.

그런데 아들의 입에서 현실에 대한 정확한 인식이 표현되자 나오미 여사가 움찔했다. 한국 생활이 해를 넘기며 그녀의 선입견이 바뀐 것도 사실이었다.

시골에 살며 휴양 생활을 즐기지만 역동적인 삶을 이어가는 한국인들을 가까이에서 지켜본 그녀는 왜 일본 기업들이 고전하는지 납득하게 되었다.

실제로 한국의 발전상은 그녀의 예상을 뛰어넘었다. 그저 수치로 보이는 것보다 훨씬 잘산다는 것을 알게 된 것이다.

"한국 사회가 투명하고 공정한 경쟁을 추구하기 때문에 후발주자인 저희로서는 오히려 좋은 환경입니다."

"그런가?"

"네. 히타치의 이름만 내걸면 순풍이 불어오던 그런 시대는 이제 끝났습니다. 일본에서도 그러한데, 경쟁이 더 치열한 한국에서는 말할 것도 없죠."

"그렇다면 SSL 바이오 코리아가 나을 것 같아."

이부용과 소 대표는 이미 결론을 냈다.

하지만 전혀 티를 내지 않고 나오미 여사를 설득하는 데 성공했다. 환상의 호흡이었는데, 마주 보고 웃은 둘이 좀 묘해 보였는지 나오미 여사가 아들을 톡 쏘아봤다.

못된 버릇이 떠오른 것 같은데, 소이치로는 그냥 웃어넘기며 구체적인 사업 이야기를 펼쳐 놓기 시작했다.

북 치고 장구를 치면서도 나오미 여사의 신경을 거스르지 않는 노련함에 가토 회장은 흐뭇한 미소만 지을 뿐이었다. 그렇게 결론이 내려질 무렵, 가토 회장이 대화에 끼어들었다.

다소 민감한 사안이었기에 조심스럽게 꺼내 놨다.

"이 관장은 오빠랑 경쟁을 하게 될 텐데, 괜찮은가?"

"신경도 쓰지 않을 걸요!"

"SSL이 이젠 제법 이름이 알려진 기업이고 여동생이 단순한 투자자도 아니고 파트너로 전면에 나서서 일하는 걸 알면 유쾌하지는 않을 것 같은데?"

"처음부터 절 좋아하진 않았어요. 눈앞에서 사라져 주면 오히려 고마워할지도 몰라요."

이복동생으로 인정받는 과정이 간단하지 않았다.

나눠야 할 입이 하나 더 늘어나는 것을 반길 재벌은 없다. 그래도 밖에 알려진 것보다 훨씬 더 험난한 과정을 겪었다.

그 과정에서 악감정이 쌓이지 않을 리 없었지만 이부용이 워낙 싹싹하게 먼저 머리를 숙이고 다가가 관계가 원만한 것으로 알려져 있다.

이부용이 한직도 마다하지 않고 찌그러져 있기 때문이기도 하다. 그러나 언제까지 그럴 수는 없는 법, 마침내 움직이기 시작한 셈이다.

그 와중에도 나름 관리를 하고 있다는 느낌을 받았는데, 그 얘기를 듣고 있던 소 대표가 애매모호한 말을 던졌다.

"삼성과 이재영 회장을 쉽게 보면 안 됩니다."

"보스! 그게 무슨 말씀이세요?"

"이 회장 개인의 능력과는 별개로 삼성이라는 조직이 가진 역량은 우리가 상상하는 것보다 훨씬 대단하다는 말입니다."

"마치 삼성의 속을 다 알고 있는 사람처럼 말씀하시네요?"

"가장 바람직한 기업이 삼성이라고 생각하기 때문입니다. 동의할 수 없는 부분도 많지만 우리 SSL이 갖추고 있는 시스템의 원조가 바로 삼성입니다!"

다들 놀랐다.

소이치로가 한국 기업을 모델로 삼고 있다는 것은 더 이상 비밀도 아니다. 그런데 아예 인정해 버리자 할 말이 없었다.

그러면서 삼성이 이 관장의 일거수일투족을 들여다보고 분석하며 여러 가능성에 대해 이 회장에게 보고할 것이라고 말했다.

듣는 이부용 입장에서는 모골이 송연한 말이 아닐 수 없었다. 신경도 쓰지 않을 것이라고는 생각지 않았다.

하지만 내부에 남아 거북한 것보다는 밖으로 나가 제 것을 꾸리는 것이 더 낫다고 생각할 것이라고 봤는데, 그건 순진한 생각이었던 것이다.

"내 것은 당연히 내 것이고 내가 넘볼 수 있는 것도 다 내 것이라고 생각하는 족속들이 재벌입니다."

"아들!"

"하하하! 사실이잖아요. 그런 측면에서 보자면 삼성은 더하면 더했지, 절대 일본 재벌들과 비교해도 뒤지지 않을 조직입니다."

"혹시 그거 근거가 있는 말씀인가요?"

"네. 우리도, 삼성도 서로에 대한 촉수를 거두지 않고 있습니다. 어쩌면 우리보다 더 신경을 쓰고 있을 겁니다."

나오미 여사는 애들이 대체 무슨 말을 하느냐는 눈치였다. 그녀는 바라는 것이 있으면 주저하지 않고 달려드는 공격적인 스타일의 경영인이었기 때문이다.

누가 대들지도 못했던 철의 여인이었다.

그러나 대화를 나누는 당사자들은 물론 단초를 제공한 가토 회장도 자신의 예상이 틀리지 않은 것에 근심의 빛을 나타냈다. 이부용의 표정이 심상치 않았기 때문이다.

소이치로도 그녀의 반응이 이럴 것이라고는 예상치 못했기에 당황스러웠다. 하지만 그게 본질도, 문제가 될 일도 아니었다.

"기회가 되면 제가 이 회장을 한 번 만나 볼까 합니다."

"왜요?"

"평소 기탄없는 대화를 나눠 보고 싶은 상대이기도 했고 일부 협력할 부분이 있기 때문입니다. 이 관장님이 자리를 한 번 만들어 주십시오."

"네. 그럴게요."

"두려워할 이유도, 부담을 가질 상대도 아닙니다. 또한 내가 아끼는 사람을 건드린다면 전 언제든 싸움을 피할 생각은 없습니다. 적어도 지지는 않을 거고요."

"그건 그렇죠. 호호호!"

내가 아끼는 사람이라는 표현에 표정이 밝아졌다.

아직은 상대하기 벅찬 삼성이지만 사업 영역이 엄연히 다르다. 굳이 부딪칠 일이 생긴다면 바이오 사업이 될 것이다.

이 회장이 전략적으로 미는 부문이지만 규모만 컸지, 아직 창조적인 결과물을 내지는 못하고 있다. 기껏 바이오 의약품 위탁 생산을 전문으로 하는 최첨단 설비를 갖춘 회사일 뿐이다.

거대한 자본의 힘으로 연구 역량을 갖춰 가고 있으며 세계적인 기업으로 성장할 가능성이 높은 것도 인정하지만 부정적인 이미지를 가진 회사이기도 하다.

여하튼 중요한 결정과 의견이 모아졌고 이부용이 먼저 자리를 떴다. 출국 전에 다시 미팅을 가지기로 약속했다.

"너. 이 관장과 무슨 관계야?"

"무슨 관계라니요?"

"유부녀잖아!"

"알아요. 그리고 저 이제 그런 짓 안 하는 거 아시잖아
요."

"정말이지?"

"참. 이 아들을 아직도 그렇게 모르십니까?"

"아니까 그러지!"

어이가 없었다.

나오미 여사의 눈에는 여전히 어린 아들이었던 것이다.

아무리 그래도 과하다는 생각을 지울 수 없었다.

그런데 그런 말을 꺼낸 이유가 밝혀졌다.

그건 바로 재혼을 하라는 것이었다. 혈기왕성한 남자가
혼자 살게 되면 원지 않아도 풍문에 휩싸인다고 나무랐다.

"그만하시죠."

"너 왜 그래? 네가 누군지 몰라서 그래?"

"압니다. 하지만 미오를 보낸 지 얼마나 되었다고요!"

그 말은 하면서 찔끔했다.

1년도 지나지 않았기 때문이다. 하지만 자신은 이미 짝
을 정하지 않았던가!

변명은 할 수 있다.

한시도 쉬지 않고 바쁘게 사는 자신을 위로할 수 있는 유일한 방법이자 일탈의 탈출구는 그것뿐이었기 때문이다.

그렇다고 부정한 짓을 저지르는 것도 아니지 않은가!

다만 지금처럼 나오미 여사가 압박할 가능성을 염두에 뒀기 때문에 전략적인 포지션을 취할 수밖에 없었다.

"미오도 이해할 거야!"

"전 동의할 수 없습니다. 이미 한 번 겪어 본 그 지독히 불편한 사이가 되고 싶지도 않고요."

"이치로!"

가끔 형의 이름을 부른다.

하기야 이름이 중요한 것은 아니다.

그녀에게는 다 같은 아들일 테니까.

그러나 이전 일까지 언급하며 그녀의 화를 돋운 이유는 제발 누구라도 좋으니 결혼만 해 달라는 말을 듣기 위해서였다.

이때 가토 회장이 슬그머니 나섰다.

노회한 그가 뭔가 알고 있다기보다는 아들 입장을 고려한 중재를 나선 것이라고 봐야 했다.

"여보. 소이치로도 다 생각이 있을 겁니다."

"생각이 있는 녀석이 이렇게 한가할 수가 있나요?"

"그건 우리가 잘 몰라서 그런 것일 수도 있습니다. 내가 알기로 이 녀석 주변에 참한 여자들이 한둘이 아닙니다."

"사실이야?"

아들을 바라보는 그녀의 눈에 빛이 반짝였다.

대단한 관심을 표명한 것이다.

실제로 좋은 여성이 많은 것도 사실이다. 그러나 까딱 잘못 단추가 꿰어지면 더 복잡해질 수도 있기 때문에 자신도 모르는 사이에 침이 꿀떡 넘어갔다.

그 모습을 확인한 나오미 여사의 입가에 미소를 번졌다.

무시무시한 촉이 발동한 것이다.

아차 싶어 얼른 대답을 했다.

"좋은 여자가 많은 것은 사실이지만 공과 사는 구분합니다. 그러는 것이 맞고요."

"이런 목석같은 놈! 그렇게 질질 흘리고 다닐 때는 언제고!"

"마마. 저 개과천선했다니까요!"

"됐고. 네 녀석이 짝을 찾지 않으면 내가 나서는 수밖에!"

"잠깐만요. 그러니까 제가 찾으면 인정해 주시는 건가요?"

"1년 안에 내 품에 손자만 안겨 준다면!"

"하하하! 그렇다면 제가 노력을 한 번 해 보죠."

"있구나! 너."

"노력해 본다니까요!"

"하나만 확실히 하자. 1년 안에 네 아들을 내 품에 안겨 주려면 한 여자로 부족할지도 몰라!"

"아! 진짜!"

여성으로서 뱉을 말이 아니었다.

그만큼 후계에 대한 집착이 상상 이상이라는 말이었다.

여하튼 약속을 받아 냈다. 그녀의 요구 조건을 충족한다면 누구든 상관하지 않겠다고.

그건 기대하지 못했던 파격이었다. 보수적인 그녀는 일본 혈통을 고집하고 또한 여자 집안도 따지는 사람이었다.

아들의 주변에 외국 여자들, 특히 동남아 여성들이 많다는 것을 모르지 않을 텐데, 아무리 생각해 봐도 신기했다.

"축하드려요."

"들었어?"

"네. 서두르셔야 되겠어요."

"그래야 하나?"

"양기야 넘치니까 걱정은 없지만 우리 연 단장이 그걸 잘 견뎌 내려나?"

"따능!"

"제가 느낄 때는 손자를 못 낳으면 정말 쫓아내실 것 같

있어요. 그 약속이 절대 가벼운 게 아니라는 것을 아셔야 할 것 같아요."

무조건 가능한 일이라고 생각했다.

그런데 따능의 말을 듣고 보니 절대 간단한 약속이라고 할 수는 없었다. 연이채는 어느덧 38살이 되었기 때문이다.

하루라도 빨리 출산 계획을 세워야겠다는 생각을 했다. 심각한 얼굴로 고개를 끄덕이는 소이치로가 숙소로 향하는 것을 보던 따능이 던진 말도 장난처럼 느껴지진 않았다.

"정 어려울 것 같으면 말씀하세요. 제가 떡두꺼비 같은 아들을 낳아 드릴게요."

"너 정말! 빨리 들어가 쉬어."

"농담 아닌데……."

그런 문제로 머리가 복잡해질 줄은 몰랐다.

하지만 조금 더 생각해 보니 걱정할 일이 아니었다. 자신의 초인적인 능력이 발현되면 그깟 아들 한 명 못 낳을까?

필요하다면 치유의 능력을 발휘해 밭을 갈면 된다고 판단했다. 천륜을 인위대로 바꿀 수 없다는 생각도 했지만 얼마든지 극복해 낼 수 있을 것이라고 생각했다.

그래서 늦었지만 연이채와 통화해 기쁜 소식도 알려 줬

다. 그녀는 반쯤 포기하고 있었는지, 예상보다 훨씬 기뻐
했다.

* * *

"드디어 결론이 난 것 같습니다."

"주동자인 카이토를 체포라도 한 건가?"

"네. 그가 자수를 했답니다."

"자수? 이 새끼가 대가리를 굴리네."

"일단 구금이 되면 손을 대기 쉽지 않을 겁니다."

"아니지. 교도소면 어때!"

이번 테러는 상관하지 않을 수 있다.

응당한 법적인 처벌만 받는다면.

하지만 가주의 삼남인 카이토의 죄는 그게 다가 아니다.
미오와 하루카를 죽이도록 모사를 꾸민 자가 바로 그놈이
었다.

하지만 그것까지 다 밝히지는 않았다. 왜냐면 그 원한은
법으로 갚을 수 있는 것이 아니라고 생각하기 때문이다.

여하튼 미쓰비시가 꼬리 자르기에 들어간 것 같은데, 그
꼴을 그냥 두고 볼 수는 없었다. 그래서 모모에와 통화를
했고 윤 실장에게도 준비한 작전을 개시하라고 지시했다.

"카이토. 죽음에 대한 사죄는 오로지 죽음으로 갚을 수밖에 없다는 걸 알게 될 것이다! 일단 콩밥 먹으며 기다리거라!"

일본의 복잡한 상황은 그동안 막아 왔던 진보 지식인들의 입을 열게 만들고 있었다. 그가 봐도 부정할 수 없는 부패가 만천하에 드러났기 때문이다.

그것은 국민들의 의식에도 영향을 미칠 것이며 무엇이 진정으로 국가와 사회를 위하는 것인지에 대한 고민도 늘어날 것이다.

때문에 일본 사회 전반에 커다란 변혁을 기대했다.

그런데 아침 식사를 마주한 자리에서 그게 그렇게 간단한 문제가 아님을 깨닫게 되었다.

"소이치로. 적당히 하고 물러서거라."

"아버지!"

"나도 변해야 한다는 것에는 동의해. 하지만 모든 일에는 순서가 있고 시간이 필요한 법이다."

"대체 무엇이 두려우신 겁니까?"

나오미 여사가 아닌 가토 회장이 그런 의향을 비친 것이 충격이었다. 이해 못 할 바는 아니다.

기본적으로 식탁에 둘러앉은 아유카와 가문의 구성원들은 그야말로 선택받은 기득권 중에 기득권을 누리는 자들이다.

정계도 그들만의 리그가 진행되고 경제계도 경제계 나름의 질서가 뿌리 깊게 자리를 잡아 그것이 흔들리면 아유카와 가문도 좋을 게 없다는 판단을 내린 것이다.

그런데 소이치로가 받아들이지 않고 강하게 어필을 하자 이번에는 나오미 여사가 참전했다.

"두렵긴 뭐가 두려워!"

"그럼 왜 물러서라고 강요하시는 겁니까?"

"우리에게도 불똥이 튈 게 자명한데, 그 짓을 네가 앞장서서 하고 있으니 그러는 거잖아. 미쓰비시가 무너지면 그 다음은 어딘데?"

"분명히 말씀드리겠습니다. 히타치를 비롯한 우리 가문의 사업은 모두 그 전에 정리가 될 겁니다."

"뭐, 뭐라고?"

"새로운 기치 아래 경쟁력을 갖춘 기업군으로 거듭날 것이라는 말입니다. 그게 SSL이 될지, 아니면 다른 이름일지는 모르나 정당하고 굳건한 초석 아래 반듯하게 세워질 겁니다."

같이 무너지는 것을 우려했던 두 내외는 소이치로의 말을 듣고는 한숨을 돌렸다. 무턱대고 일부터 저지른 게 아니라는 사실에 안도한 것이다.

이미 자신의 능력을 충분히 보여 줬기 때문에 동의하지 않을 수 없을 것이라고 봤다.

그러나 그게 끝이 아니었다.

보다 근본적인 시각을 드러냈는데, 너무 충격이 커서 잠시 멍해지는 경험을 해야만 했다.

"신분 질서가 무너지는 것은 바람직하지 않아! 몇몇은 근본도 없는 졸부지만 우리를 비롯한 명문 가문들도 이 나라를 지탱해 온 기둥이며 역사 그 자체야. 평등과 공정이라는 헛소리를 해 대는 하층 나부랭이들과 한상에 둘러앉아 밥을 나눠 먹을 수는 없어!"

"……진심이십니까?"

"이놈이! 네가 물려받을 수많은 자산과 권력이 어느 날 갑자기 하늘에서 뚝 떨어진 게 아니란 말이다. 그게 다 선조들이 피 흘려 이룩한 것이야. 그걸 소중히 여기고 지킬 마음이 없다면 후계자로서의 자격이 없는 거지!"

그렇다면 물려받지 않겠노라 천명하고 싶었다.

그러나 차마 그 말을 뱉을 수는 없었다.

아까워서가 아니다. 그건 부모 자식 간의 인연을 끊는 행위였기 때문이다.

어쩌면 그게 가장 홀가분한 선택일지도 모른다는 유혹에 희미한 희열마저 느꼈지만 일단은 이를 악물고 참았다.

두 내외의 사고방식을 바꿀 재간이 자신에게는 없었다. 칼이 목에 들어와도 평생을 지켜 온 본인의 정체성을 부정할 수는 없을 것이기 때문이다.

그래서 일단 한 발 물러서며 방향을 선회했다.

"미쓰비시는 이미 몰락의 열차에 올라탔습니다."

"정말 가능한 것이냐?"

"지켜보십시오. 제 처자식을 죽인 놈들입니다."

"소이치로…… 그게 사실이냐?"

"네. 안 그래도 부수고 싶은 놈들이었는데, 먼저 선을 넘었습니다. 그걸 어떻게 용서합니까! 난 이와사키 가문을 원래 그들이 있던 곳으로 되돌려 놓을 겁니다!"

원수를 갚는다는 말에는 이의를 제기하지 않았다.

만약 미쓰비시가 흠집이 나지 않고 위기에 몰리지 않았다면 그래도 말렸을지 모를 일이다.

그러나 이미 일본 국민들이 등을 돌렸고 정치 경제계에서도 선을 긋는 발언이 쏟아지고 있었기 때문에 아들의 말을 믿지 않을 수 없었다.

게다가 결정적인 한마디를 던졌다.

"본 가문이 일본열도를 지배하게 될 겁니다!"

"그럴 수만 있다면 무엇을 아끼겠어. 하지만 너도 알다시피 돈만으로 되지 않는 일들도 많아. 우린 그동안 집권 세력과 일정한 거리를 유지해 온 것을 너도 알지 않느냐."

"정계도 장악할 겁니다."

"어떻게?"

"진보적인 정당이 출현할 시기입니다. 저는 다쿠야를 전면에 내세워 젊고 유능한 정치인들을 지원할 생각입니다."

"역풍이 불지도 몰라!"

"역풍이요? 역풍은 자민당이 맞게 될 겁니다. 그리고 돌을 맞을 정도로 모나게 일을 추진하지는 않을 겁니다. 스미토모를 비롯한 유수의 가문들을 포섭해 뒤에 세우겠습니다."

감히 상상도 못했던 말이었기에 생각만으로도 충분히 벅차올랐는지 나오미 여사의 눈에 불꽃이 타오르고 있었다.

섬나라를 지배하다니, 다분히 국수주의적인 그녀가 이젠 권력의 화신이라도 된 것처럼 강한 투지를 불태웠던 것이다.

그게 가능하다면 무엇을 아끼겠느냐는 말은 이미 뱉었다.

솔직히 그녀가 가문의 주장으로서 살아왔던 시절 내내 아유카와 가문은 가세가 꾸준히 기울어졌던 게 사실이다.

최선을 다했지만 비슷하거나 아래로 봤던 자들에게도 무시를 당한 경우가 빈번했다. 그럴 때마다 그 자존심 높은 여인이 참고 또 참아 왔으니 아들의 포부를 듣자 그게 설사 지옥으로 달려가는 급행열차라고 하더라고 올라탈 기세였다.

그 와중에도 가토 회장은 냉철한 시선을 유지했다.

"소이치로. 네 능력을 무시하는 것은 아니다. 하지만 그 포부를 이루지 못할 경우, 얼마나 큰 피해를 입을지도 생각해 봤느냐?"

"손해 볼 것은 없습니다. 그 모든 과정은 합법적인 절차와 정당한 수단을 통해 이뤄질 것이기 때문입니다."

"그렇다면 판을 잘 짜야 할 것이다. 우리가 얼마나 도와줄 수 있을지는 모르겠으나……."

"여보! 부정적인 말씀은 하지 마세요. 전 믿어요. 우리 아들이 선조들도 이루지 못한 대업을 이뤄 낼 것이라고."

"당신까지 왜 이럽니까?"

"우리 이제 그만 넘겨줘야 할 것 같아요. 가주의 위를 쥐고 있어야 뭐든 마음 편하게 할 수 있을 거예요."

그것까지 바란 적은 없다.

오히려 부담스러웠는데, 확실한 장점은 있다.

더는 나오미 여사의 강권을 못이기는 척 받아 줄 필요가 없다는 것이다. 부모 자식 간의 도리는 저버릴 수 없을 것이나 적어도 가문의 대소사를 결정할 수 있는 권한을 쥐게 된다.

혼사 문제도 포함되며 가문의 자산을 임의대로 활용할 수 있다는 점도 자신이 바라는 일을 보다 수월하게 진행할 수 있도록 만들어 줄 것이다.

"도련님. 경하 드립니다."

"그게 축하받을 일인지 아직은 확신이 서지 않습니다."

"축하드릴 일이 맞습니다. 더는 가주와 가모님의 간섭을 받지 않아도 되지 않습니까?"

"그런가요?"

"네. 다들 엄청 좋아할 겁니다."

"본 가문에 속한 이들이 진심으로 기뻐할까요?"

"물론입니다. 아이러니하게도 제 발로 품을 떠나 독립했던 과거의 수족들도 돌아오고 싶다는 의사를 표명할 정도로 도련님에 대한 기대가 대단합니다."

그저 기분 좋고 끝날 말은 아니었다.

그동안 가세가 기울면서도 이 거대한 가문을 유지할 수 있었던 근원은 독립을 원하는 휘하 가문들이 나가면서 내놓은 자금이 큰 역할을 했었기 때문이다.

쉽게 말하면 돈을 내고 주종 관계에서 벗어난 것이다. 그만한 재주와 용기가 있어 독립해 나간 가문이기에 대부분 적잖은 성공을 거둔 집안들이었다.

그런데 값비싼 대가를 치르고 나간 자들이 복귀를 원한다는 것은 아유카와 가문에 먹을 게 많아 보인다는 의미였다.

# 인생 2막,
## 섬나라 재벌로!

# 78. 처제 매부 사이

# 인생 2막,
## 섬나라 재벌로!

본인 입으로 밝힌 것이지만 생각하면 할수록 기분 좋은 일이었다. 한반도를 통해 선진 문명을 받아들였으며 일왕을 비롯한 수많은 명문세족이 한반도에 뿌리를 뒀다.

　섬나라의 기틀을 잡아 뒀던 근본이 한반도에 있는데, 조선의 국운이 쇠약했다고 더러운 수단을 동원해 식민 지배를 했으며 역사를 부정하는 패륜적인 짓을 서슴지 않았다.

　그러나 본바탕이 어디 가겠는가!

　위기에 강한 한민족은 식민 지배와 동족상잔의 비극으로 폐허가 된 땅에서 찬란한 발전을 거듭해 어느덧 선진국 반열에 올랐다.

세계가 인정하는 것을 오로지 주변 나라들만 부정한다.

"일본과 중국, 참으로 지겨운 족속들이야!"

"잘난 척하다가 제풀에 꺾이고 있지 않습니까. 중국은 5호 16국으로 갈라질 것이고 일본은 보스의 손아래 놓이겠군요!"

"윤 실장. 가능하긴 한 걸까?"

"참! 본인이 구상하고 진행하시면서 그걸 저한테 물어보시면 어떡합니까?"

"네가 보기에 실현 가능성이 있느냐고?"

"어떤 방법을 사용하느냐가 관건일 뿐, 전 충분히 해내실 수 있다고 생각합니다."

"한때 G2였던 나라잖아. 아직도 세계 3위의 경제대국인데?"

"말씀만 하세요. 주리를 틀 놈들의 리스트를 뽑아 드릴 테니까!"

소이치로의 초능력을 잘 알고 있는 윤원호는 의심하지 않았다. 걸림돌이 생기면 걷어 내면 그만이니까.

그러나 소이치로는 번번이 무력을 사용해 온 것이 늘 찝찝했다. 정당한 경쟁을 하면 좋을 텐데, 매번 그럴 수밖에 없는 상황이 반복되었다.

당장 이와사키 카이토만 해도 그렇다.

애당초 소이치로가 눈엣가시처럼 느껴졌다면 터놓고 협력할 구상부터 했어야지, 더럽고 야비한 수단부터 강구했다.

자신과 료코를 노렸던 것도 참기 힘든데, 아무런 죄도 없는 여인과 아이를 상대로 왜 그렇게 참혹한 짓을 하냔 말이다.

"윤 실장. 절대 쉽게 생각하면 안 돼."

"그렇죠!"

"작전을 보다 꼼꼼하고 치밀하게 세워야 해."

"제가요?"

"응. 한 번 해 봐."

"좋습니다. 기꺼이 동참하겠습니다!"

다시없을 기회였다.

애초에 이렇게까지 큰 그림을 그린 것은 아니었다.

일단은 아유카와 가문을 살리기 위해서는 기존 사업들을 재편하는 것이 우선적인 과제라고 봤다.

과도하게 방만한 사업을 정리해 미래 가치가 뚜렷하고 경쟁력이 있는 부문 위주로 강력한 구조조정을 시행하며 한편으로는 기업 문화를 뜯어 고치려고 했다.

그 일이 자연스럽게 진행되고 있었는데, 예기치 못한 공격을 받았다. 싫어한 것과는 별개로 타 재벌에 대해서는 관여할 의향이 없었는데, 그건 도저히 용서할 수가 없었다.

그래서 한 놈만 패기로 했다. 그런데 그게 일본열도를 뒤집는 거대한 폭풍이 되고 말았다.

"미쓰비시를 무너뜨리려면 그들의 연대부터 깨야 해."

"싹 다 잡는 건 불가능할까요?"

"비공식 조직이지만 각 재벌의 사장단 회의를 주목할 필요가 있어. 특히나 미쓰비시 그룹의 '금요회'에 속한 계열사만 1,000개가 넘는다는 것을 주목해야지. 함께 무너질 수 있다는 위기감을 느끼고 단합하기 시작하면 곤란해. 가면만 바꿔 쓸 수 있다는 점을 간과하면 안 돼."

"그럼 일단은 그 협력부터 깨야겠군요."

"다행이라고 말하기는 우습지만 그놈들의 속성이 언제든 배신할 수 있는 얍삽한 족속들이라는 점을 활용해야지."

미쓰비시가 난파한 배라는 것을 다들 인지하고 있을 것이다. 그럼에도 불구하고 생존만 할 수 있다면 남의 등을 떠밀더라도 악착같이 구명보트에 오를 자들이다.

그래서 다각도로 그들의 분열과 배신을 조장할 필요가 있었다. 내부에 분열이 생기고 서로에 대한 신뢰가 깨진 채 하나둘 탈출을 시작하면, 제아무리 대단한 미쓰비시라도 침몰을 막을 수는 없을 것이다.

심도 깊은 논의를 하는 사이, 이부용과의 약속 장소에 도착했다. 일본으로 떠나기 전에 그녀와 마무리할 게 남아 있었다.

"왜 이렇게 늦었어요?"

"부모님이랑 의견을 조율할 일이 있어서요."

"바이오 사업은 어제 이미 일단락된 거 아닌가요?"

"그렇죠. 그 얘기가 아니고 지금 일본을 떠들썩하게 만들고 있는 사건 때문입니다."

"아! 그거요? 지금 한국 언론들도 거기에 올라탔어요."

"한국 입장에서는 매우 고소할 겁니다. 지지리도 몹쓸 미쓰비시가 망하게 생겼으니."

"그런 것 같아요. 하지만 그건 부차적인 것이고 이번 사태의 본질은 일본의 고질적인 부패 커넥션이잖아요. 그저 대기업 하나 망하고 끝날까요?"

사건을 바라보는 시각부터가 달랐다.

일본인들은 같은 사건도 바라보는 시각이 매우 편협적이다. 정의와 공정의 문제로 해석하는 경우는 드물고 자신에게 미칠 영향을 우선시한다.

정부나 재벌들의 악행에 대해 비판적이기보다는 자조적이며 그럴 수도 있다는 의견을 내는데, 그건 속마음과 다르다.

속으로는 별의별 욕을 다하지만 습관처럼 굳어진 강자에 대한 두려움은 한국인들이 생각하는 것보다 훨씬 강하다.

괜히 입바른 소리했다가 자기만 손해를 본다는 의식이 강하며 개인보다 조직을 우선하기 때문에 변화를 무서워한다.

"일본도 변해야죠."

"변할 수 있을까요?"

"변하기만을 기다리지 않을 겁니다."

"뭔가 큰 그림이 있군요?"

"일본을 뜨는 것이 최선이라고 생각했는데, 그새를 못 참고 덤비는 작자들이 있어서 약간의 수정이 불가피해졌습니다."

"음....... 어떻게 될지 정말 궁금하네요."

소이치로도 자신이 의도한 방향은 아니었다.

하지만 몇 번의 고비를 넘기자 새로운 길이 보였다. 무모하다는 생각이 들면서도 어려울 것 같지가 않았다.

자신감을 피력하는 것만으로 충분히 감동적인 소 대표의 모습을 바라보는 이부용의 눈빛이 초롱초롱하게 빛났다.

함께 일하는 것도 즐겁고 신나는데, 가슴이 뛰는 것이 너무도 좋았기 때문이었다. 그 와중에도 모순적인 사실 하나가 끝내 풀리질 않아 주저하지 않고 물었다.

"보스. 일본 사람 맞나요?"

"하하하! 제 여권 보여 드릴까요?"

"그 얘기가 아니잖아요. 하도 궁금해서 자료를 좀 찾아봤는데, 아유카와 가문이 한국과 특별한 인연이 있는 것도 아니던데, 왜 난 보스가 한국인처럼 느껴지죠?"

"공개하지 않아서 그렇지, 일본의 명문가들 대부분이 한반도 민족과 핏줄이 닿아 있습니다. 워낙 오랜 세월 섬나라에 정착해 현지화가 되었지만 일왕도 인정하지 않았습니까."

"그런가요? 그런 거를 밝히고 진심 어린 사과를 한다면 한일 관계가 지금처럼 악화되지는 않았을 텐데요……."

이부용이 한일 관계를 염려할 줄은 몰랐다.

하기야 한국의 대기업들이 지금처럼 성장한 과정에 일본이라는 좋은 모델과 협력이 있었던 것은 사실이다.

하지만 그게 은혜를 갚아야 할 빚이라는 말은 어불성설이다. 한국이 있어 일본도 더 큰 성공을 거둘 수 있었으니까.

그러나 배부른 돼지가 더는 열심히 일하지 않고 안락함에 만취해 있을 때, 한국은 특유의 도전적인 근성과 성실함으로 자기 살 길을 찾아냈다.

수출 규제를 하면 얼마 지나지 않고 바짝 엎드릴 것이라고 생각했다. 그러나 오히려 한국의 저력을 키운 결과를 낳았다.

그 무엇 하나 제대로 인정치 않고 헛소리만 지껄이는 것을 보면 만정이 떨어지건만 그래도 이부용은 냉철한 시각을 보였다

"수출 규제로 입지가 좁아진 일본 정치인들이 이제라도 정신 차려야 하는데, 그럴 가능성이 너무 낮아 걱정이에요."

"확증 편향이 강하다 못해 신념처럼 굳어진 그들에게는 더이상 기대할 수 없다는 것에 동의합니다."

"그럼 말짱 도루묵 아닌가요? 아니면 그들을 부수고 만든 빈자리를 꿰어 차고 들어가도 되겠네요."

"지금 저더러 정경 유착의 몸통이 되라는 겁니까?"

"나쁠 게 있나요?

딴에는 그랬다.

일본 집권당과 결탁해 서로 이익을 주고받는다면 미쓰비시 따위와는 비교도 할 수 없을 만큼 불타오를 자신이 있다.

그러나 부정하게 쌓은 탑이 얼마나 오래갈 수 있을 것이며 자신이 쓰레기통의 주인이 되고 싶은 마음은 더더욱 없었다.

그걸 알면서도 이부용이 그런 말을 꺼낸 이유는 소이치로의 속내를 더 깊이 알고 싶다는 의미였다. 필요하다면 한 발 걸칠 의사도 있다는 것이고.

그걸 모를 리 없는 소 대표는 그저 씩 웃어 넘겼다.

"일본의 변화는 한국에게 상당히 유리하게 돌아갈 겁니다."

"근본이 바뀌지 않을 텐데 의미가 있을까요?"

"일본 국민들의 의식이 바뀌기 시작하면 의외의 결과가 나올지도 모릅니다. RCEP을 넘어 한일 FTA가 체결되는 상황 까지 대비할 필요가 있죠."

"자유무역협정은 너무 위험하지 않나요?"

"그랬죠. 매우 의존적인 경제 구조를 지니고 있었으니까. 하지만 일본의 수출 규제로 인해 소부장의 자립화를 경험해 봤기 때문에 대비만 한다면 허깨비 같은 환상은 깰 수가 있다고 봅니다. 1억 2천의 내수 시장이 생기는데, 왜 그걸 거부합니까?"

과거 참여 정부 시절, 논의된 적이 있다.

하지만 당시만 해도 지금과는 상황이 많이 달랐다. 일단 일본에 대한 의식부터 크게 변했다. 우리가 할 수 있다는 자신감부터 없었는데, 이제 달라졌다.

한국의 경쟁력이 높아진 것도 사실이며 일본의 역주행이 현격했던 양국 경제의 격차를 붙게 만들었다.

문제는 고정관념이었다. 일본은 한국의 일제 불매운동을 비난하지만 그들은 이미 오래 전부터 한국 제품을 사지 않았다.

일본 제품에 비해 품질이 떨어진다는 과거로부터 이어져 온 착각이 유효할뿐더러 그들보다 애국 마케팅이 뿌리 깊은 나라도 없다.

"안 팔리는데 시장이 크면 뭐해요!"

"그게 사실이었습니다. 하지만 과거와 다릅니다. 이미 한국 부품이나 재료들을 사용하는 기업이 수두룩합니다. 그 현상은 점점 더 심해질 수밖에 없고요. 싸고 좋으니까요."

"그런 경향이 뚜렷하다면 보스가 말한 것처럼 미리미리 대비를 하면 되긴 하겠네요."

"그렇죠. 일본 기업과 맞붙을 역량은 충분합니다. 아직 한국의 생산 단가는 일본에 비해 저렴하고 품질도 좋기 때문에 인식만 바뀌면 일본은 가장 알뜰한 시장이 될 수도 있습니다."

말은 그렇게 해도 그리 간단한 문제가 아니다.

때문에 말은 호기롭게 꺼냈지만 자신할 수 있는 부분은 아니었다. 실제로 빠르게 성장하고 있는 동남아 개도국의 경우, 중국처럼 무서운 속도로 한국을 추격하고 있다.

어림도 없다고 생각하지만 한국을 그렇게 생각했던 일본이 지금 어떤 처지에 있는지를 확인해 보면 함부로 장담할 수는 없는 것이다.

잠깐 엉뚱한 방향으로 샜지만 이부용은 본질을 잊지 않고 집요하게 파고들었다.

"미쓰비시가 무너지면 다음은 어디죠?"

"중요한 것은 우리 가문입니다. 히타치라는 이름하에 이뤘던 것들을 과감하게 버리고 다시 태어날 겁니다."

"일본 정부가 나서서 대대적인 산업 구조 개편이라도 하는 건가요? 정부가 채무를 회수하려고 나서면 버틸 재간이 있는 기업이 없잖아요."

"정부 주도로 이뤄진 전략 사업은 다 정리했습니다. 다행히도 얽힌 게 많지 않아 종속될 이유가 없습니다."

"와아! 그래서 이렇게 당당하신 거군요."

마지막으로 남은 것이 철도 관련 사업이다.

한국을 비롯한 중국 기업들이 무섭게 추격하자 일본은 연이어 무리수를 뒀다. 철강, 조선, 반도체, 전자 부문까지 엄청난 자금을 쏟아부었는데, 밑 빠진 독이었다.

도전하지 않고 협잡과 담합으로 경쟁할 수 있는 시대가 지났는데, 현실을 인정하지 못하고 정부의 지원에 기대 방만한 경영을 했다가 그게 다 제 발목을 채운 족쇄가 되고 말았다.

부채 비율이 위험 수준을 넘은지 오래지만 위기의식조차 느끼지 못하고 있는 이유는 파트너가 정부였기 때문이다.

정경 유착에 재주가 없어 깊이 관여하지 못했던 것이 오히려 지금은 소이치로를 가볍게 해 준 셈이었다.

"어찌 되었든 현 집권 세력은 그 무엇도 주도적으로 하지 못할 겁니다. 이미 얽히고설켜 꼼짝 달싹도 하지 못합니다."

"매우 심각한 지경이라는 것은 알아요. 기축 통화랍시고 엔화를 마구 찍어냈지만 그것도 한계가 있잖아요. 심각한 인플레이션이 일어날 조짐이 보인다면서요?"

"그럴 수도 있지만 잘 넘기긴 할 겁니다. 중요한 것은 남들이 어떻든 우리부터 변해야 한다는 거죠."

"그럼 히타치의 명판을 내리고 SSL로 갈아타는 거군요?"

"하하하! 그렇다고 봐야죠."

확실히 이부용의 직관력은 뛰어났다.

모든 것을 다 밝히지 않았으나 잠깐의 대화로 맥락을 잡아낸 것이다. 그래도 수박 겉핥기지만 일본과 상관이 없는 그녀로서는 필요한 만큼의 정보를 취한 셈이었다.

너무 무거운 주제가 오래 이어져 소 대표는 화제를 돌렸다.

"이 관장님. 저 잘하면 올해 내로 살림 차릴지도 모릅니다."

"어머! 축하해요. 어머님이 손자에 몸이 다셨나 봐요."

"네. 아내와 사별한 지 얼마 지나지 않아서 조심스러웠는데, 길이 열렸습니다."

"근데 왜 제 배가 아프죠?"

"왜 이러십니까? 이제 우리 처제 매부 사이가 될 텐데."

"어머! 정말 그렇게 되는 거네요!"

비록 공개적인 행보는 없지만 연이채의 모친은 이재영 회장의 부친이 후계자로 자리를 굳히는 데 결정적인 도움을 줬던, 무시하지 못할 역할을 감당한 사람이다.

비록 연이채의 오빠들은 이래저래 그 공덕을 까먹고 있지만 그녀는 묵묵히 제 역할을 감당해 왔을 뿐, 모친의 자존심을 지켜 온 이 회장 고모의 딸이다.

오히려 이복여동생인 이부용보다 더 가까울 수도 있는 관계인데, 이상하게도 그녀는 삼성그룹 일가와 일체의 교류를 하지 않았다.

뭔가 기이한 사연이 있는 게 분명한데, 본인이 말하지 않아 소이치로도 묻지 않았다. 앞으로도 그녀가 그걸 원한다면 그리할 요량이었다.

그래도 한 방향을 보고 일하는 이부용과는 친인척이 된다고 생각하니 한결 가까워진 느낌이 들었다.

"그럼 가요."

"어딜 말입니까?"

"오빠 만나고 싶다고 했잖아요."

"이재영 회장 말입니까?"

"네. 오늘 조촐한 모임이 있거든요."

"그럼 혹시 내가 간다는 걸 알고 있습니까?"

"그건 확인하지 못했어요. 그냥 부딪쳐 보는 것도 재미있을 것 같았거든요."

"하하하! 그렇다면 다음에 보죠."

이부용의 지금 이 모습은 의외였다.

가족 모임이 있다면 외부인이 느닷없이 참석하는 것은 결례다. 사전에 양해를 구했다면 모를까, 그녀의 의중을 이해하기 어려웠다.

그래서 일단 다음을 기약하자는 말로 거부 의사를 밝혔다.

뭐가 아쉬워서 그런 형태로 만난단 말인가?

이부용이 역시 SSL보다는 삼성을 한 수 위로 본단 말인가?

아닐 것이라고 생각하면서도 서운한 것은 어쩔 수 없었다.

"보스. 혹시 오해하실까 싶어 말씀드리는데, 오빠가 낯을 무척 가려요. 특히나 사람을 만나는 것에는 지나치게 조심을 해서 정식으로 요청하기도 애매하고 그냥 부딪치면 좋겠다고 생각했는데, 마음이 상하셨다면 죄송해요."

"솔직하게 말씀하시니 저도 그렇게 하죠. 제가 그를 만나고자 한 이유는 서로에게 득이 될 것 같기 때문입니다. 그런데 뭐가 아쉬워서 불시에 간단 말입니까."

"그것도 그러네요. 죄송해요. 정식으로 얘기해 볼게요."

"아닙니다. 지금은 내가 너무 바빠 그를 만나 할 얘기가 없을 것 같습니다. 나중에 제 결혼식에 초대를 하죠. 하하하!"

이부용은 얼굴이 발개질 정도로 미안해했다.

자신이 너무 단순하게 생각한 게 미안했던 것이다. 은연중에 아쉬운 사람이 소이치로라고 생각했었던 것이다.

물론 나이는 이 회장이 더 많고 삼성이라는 이름이 더 알려져 있지만 소 대표 또한 어디 가서 무시당할 이력을 가진 사람은 아니다.

거듭 사과하는 그녀에게 바이오 프로젝트의 진행 상황을 확인하며 화제를 돌렸다.

"일단은 기존에 발생했던 사스나 메르스와 같은 급성호흡기증후군을 일으킨 바이러스를 중심으로 연구해 나가고 있어요. 문제는 해당 원인균을 정확히 알아야 구체적인 연구가 시작될 텐데, 현재로서는 기존 바이러스에 대한 치료법도 개발되지 않아 그걸 모델로 치료제 개발에 돌입했어요."

"제 생각에 이번 바이러스는 전염성이 그전 것들보다 훨씬 강력할 것 같습니다. 원인균을 찾아도 치료제 개발이 단시간에 이뤄지지 못할 가능성이 높기 때문에 백신 개발이 더 우선되어야 할 겁니다."

"네. 그래서 현존하는 두 가지 방식에 대해 각각의 연구팀을 꾸리기로 했어요. 그렇다 보니 돈이 좀 많이 들어가요."

"돈 걱정할 일은 아닙니다. 제가 실리완에게 얘기를 해 놓을 테니까 필요하면 얼마든지 가져다 쓰십시오."

"그렇게 펑펑 써도 되나요?"

"아낄 게 아니라고 생각되기 때문입니다. 이제 막 떠오른 건데, 그 외의 제품들도 준비를 병행해야 할 것 같습니다."

"그게 무슨 말씀이죠?"

"메르스 때보다 전염력이 더 강하다면 환자들이 병원으로 몰려들 것 아닙니까?"

"아! 무슨 말인지 이해했어요. 야전병상, 방호복, 호흡기 질환 관련 의료기기 등등을 확보할 필요가 있다는 거군요."

역시 똑똑했다.

하기야 같은 영상을 봤으니 공감이 빠를 수밖에 없다.

수많은 환자가 넘쳐 나는 병원도 봤기 때문이다.

그런데 그저 확보하는 선에서 그치는 것은 바람직하지 않았다. 이참에 방인호 사장이 나서서 의료기기 사업에 본격적으로 뛰어드는 것까지 논의했다.

의학에 대한 전문성은 떨어지지만 기기 제작 관련 능력은 뛰어나고 영업에도 남다른 능력을 갖춰 일단 하드웨어를 확충하는 방향을 고려한 것이다.

"마스크도 필요하죠!"

"마스크는 황사에 적응한 한국이 최고입니다. 국가 인증을 받은 고품질의 마스크를 저렴하게 생산할 수 있는 시설도 갖춰야죠. 그리고 더 중요한 것이 진단 키트 같습니다."

"아! 그렇겠네요. 일단 백신이나 치료제가 개발되기 전까지는 환자를 잘 관리하는 것이 중요하고 전염되었는지 확인하는 것도, 전염을 막는 것도 필수겠네요."

아무 근거도 없다면 생각조차 할 수 없는 아이템들이 쏟아졌다. 떠올리고 싶지 않아도 자꾸 끔찍한 장면들이 머릿속을 맴돌아 생각이 많아지고 아이디어로 발전할 수밖에 없었다.

어차피 치료제와 백신은 연구팀의 몫이고 기존에 복제약과 약간의 의료 장비를 생산하던 SSL 바이오가 이제 일복이 터진 셈이었다.

물론 방인호는 기뻐서 비명을 지를 것이다.

이부용이 나타나 연구소를 장악한 뒤로 말은 못해도 입이 십 리는 나와 있었는데, 이제 물 만난 고기가 될 것 같았다.

\* \* \*


"또 터졌습니다!"

"리츠코 관장인가?"

"네. 이번에는 내부 비리입니다. 오너 일가가 불법적인 방법으로 거액의 비자금을 조성해 어디에 어떻게 썼는지 밝혔습니다."

"이런! 목 날아갈 사람이 줄줄이 엮이겠군."

"네. 공교롭게도 정치인과 법조계를 겨냥한 것 같은데, 뉴스가 터지자마자 몰래 출국하려다 걸린 전직 장관이 있어서 더 난리가 났습니다."

"쑥대밭이 되는 건 좋은데, 사회불안이 조장되는 것은 절대 바람직하지 않은데……."

미쓰비시의 본색이 만천하에 공개되면서 1차 쇼크가 왔다. 다들 쉬쉬했을 뿐이지, 그럴 것이라는 생각은 누구나 했다.

하지만 감춰진 것과 세상에 드러난 것의 차이는 현격했다. 미쓰비시는 회장이 직접 나서서 사과했고 범죄와 관련된 자들은 지위 고하를 막론하고 엄히 법적인 책임을 지게 하겠다고 선언했다.

그런데 그렇게 머리를 숙였던 회장을 포함한 오너 일가와 사장단의 초대형 부정부패가 터졌으니 2차 쇼크는 감당이 될 수 있을지도 의문이었다.

"보스. 아무래도 도착지를 변경해야 할 것 같습니다."

"도쿄 공항에 기자들이 진을 치고 있나요?"

"네. 최대한 늦게 운항 허가를 받았고 보안을 유지해 달라고 누차 강조를 했는데도 보스를 보고 싶어 하는 사람들이 너무 많은가 봅니다."

"못 나설 것도 없지."

"참으셔야 합니다. 불난 집에 기름을 붓는 것이 보기에는 후련할지 몰라도 결국 좋지 못한 이미지를 남길 가능서도 염두에 두셔야 합니다."

"음……. 그것도 그러네."

도쿄 국제공항에서 내리려던 항로를 변경해 나리타 국제공항으로 바꿨다. 그리고 미쓰이 하루토와 통화를 했다.

엊그제 한국으로 들어갈 때 연락이 왔는데, 만날 수 있는 상황이 아니라서 일단은 모모에와 상의하라고 권했다.

그런데 만나지 않았다. 아무래도 미쓰이 그룹을 엿 먹인 스미토모 그룹의 지낭을 만나는 것이 내키지 않았던 것 같았다.

만약 소이치로의 제안을 받아들인다면 어차피 다시 한편에 서게 될 텐데, 진정한 협력은 어렵다는 것을 증명한 일화라고 봐야 했다.

하지만 소이치로가 연락을 취하자 반색을 하며 공항에서 가까운 지바 시에서 만나자는 응답이 돌아왔다.

만나지 않아도 결과는 이미 전해들은 상황인데, 독이 바짝 오른 미쓰비시를 의식한 조심성에 웃지 않을 수 없었다.

"오랜만입니다. 하루토 사장님."

"귀국하시자마자 바로 시간을 내주셔서 감사합니다. 세간의 이목이 쏠릴 텐데, 괜찮으십니까?"

"네. 어차피 넘어야 할 산이라고 생각합니다."

"그렇군요. 그럼 일단 본론부터 마무리를 짓죠."

"말씀하십시오."

"두 번째 세 번째 조건은 받아들이겠습니다. 하지만 첫 번째 조건은 아무리 생각해도 받아들이기 힘듭니다."

"하하하! 그럼 협상은 결렬된 거군요!"

철도 차량 관련 사업을 통합해 인수하고 미쓰이상선이 해운업계 1위가 되도록 지원하는 것은 무조건 그들에게 이득이다.

원해도 가능하지 않은 굉장한 선물을 안겨 준 것이다. 그런데 그것만 달랑 받고 자신들에게 불리한 것은 받아들일 수 없다니, 뭐 이런 개자식이 다 있나 싶었다.

이미 스미토모와 갈라질 때 결정된 것이나 다름이 없다. 가만히 놔두면 더 악화될 가능성도 있는데, 그나마 포기할 걸 포기하면 살길을 열어 주겠다는 배려라고 볼 수도 있다.

기껏 시간을 끈 뒤에 나타나 한다는 소리가 그거라면 잔대가리를 굴리는 것이라고밖에는 달리 해석할 여지가 없었다.

그래서 불편한 기색을 가감 없이 드러내고 일어섰다.

생각 같아서는 한 방 먹이고 싶은 걸 겨우 참았다.

"소이치로 대표님!"

"당신 참 염치도 없는 인간이군요. 다시 보지 맙시다!"

소이치로는 정말로 자리를 박차고 나왔다.

그 와중에도 의심을 버리지 못하고 미적대는 놈을 보며 구제가 불가능한 부류라는 생각에 짜증이 치밀었다.

확 그냥 뇌를 뒤집어 놓을까 하는 마음도 있었지만 조금만 더 지켜보기로 했다.

아나나 다를까, 차에 오르려고 하자 막 뛰어오면서 이름을 불러 댔다. 아무리 외곽에 위치한 찻집이라도 손님이 적지 않았는데, 갈수록 가관이라는 생각밖에 들지 않았다.

"출발해!"

"네. 보스!"

오가타의 핸드폰이 쉬지 않고 울렸다.

그 번호로 만나자는 연락을 취했었기 때문이다.

하지만 쉽게 고쳐질 버릇이 아니라는 생각에 폰을 끄라고 지시하고는 도쿄로 향했다.

놈이 탄 차가 뒤따라오고 있음을 알고 있었지만 소이치로는 SSL 투자금융 본사에 차를 댔다.

차에서 내려 이동을 하는 와중에 허겁지겁 달려온 하루토가 경호원들에게 제지를 당하는 것을 보고도 모른 척했다.

결국 놈은 회사 데스크에서 정식으로 만남을 요청해 10여 분 뒤에야 대표이사실로 들어올 수 있었다. 그때 소이치로는 모모에와 함께 새로 내린 커피를 마시고 있었다.

"만나 주셔서 감사합니다."

"이미 얘기는 끝난 것으로 아는데, 변동 사항이 있습니까?"

"네. 아무 조건 없이 제안을 받아들이겠습니다."

"커피 한잔하시겠습니까? 태국에서 가져온 원두인데, 제법 향이 좋습니다."

"아, 네. 고맙습니다."

눈치를 보아하니 모모에와 함께 있고 싶어 하지 않았다.

하지만 소이치로가 직접 커피를 따라 가져올 동안 모모에는 엉뚱한 이야기를 하면서 아예 하루토를 없는 사람으로 취급했다.

한국에서 뭘 했는지 그는 1도 관심이 없었는데, 듣고 보니 놀라운 이야기였다. 소이치로가 곧 정식으로 아유카와 가문의 가주 위를 승계 받는다는 소식이었기 때문이다.

가토 회장이 제법 나이는 있어도 아직은 건강상의 문제는 없다. 그럴 경우, 굳이 젊은 소가주에게 넘겨주지 않는다.

반란이라면 모를까 그게 통상적인 일이다.

당장 자신의 가문도 여든이 넘은 부친이 큰형의 나이가 예순에 가까워도 물려줄 의향을 비친 적이 한 번도 없다.

권한은 위임해도 사망 전에 승계하는 경우가 극히 드문데, 역시 소이치로는 집안에서도 인정을 받는 걸출한 인물이라는 생각밖에 들지 않았다.

"33살이면 너무 빠른 거 아닌가요?"

"글쎄요. 나이가 중요한가?"

"그런가요? 그만큼 부모님께서 아들의 능력을 인정하신다는 거잖아요. 한때는 나고야의 개차반이라고 소문이 자자했었는데……. 호호호!"

"아이고. 고맙기도 하지. 그때 만났으면 모모에, 당신도 온전하지 못했을 겁니다."

"아! 진짜! 이 아저씨가! 내가 그렇게 호락호락해 보여요?"

"이 땅에서는 남자의 하체에 인격이 없다 하지 않습니까!"

"치! 갖다 붙이기는! 하기야 대표님 정도면 하체의 인격을 따지지 않을 여자는 많겠죠. 하지만 난 아니거든요!"

둘이 친해도 너무 친했다.

마치 자신을 따돌리기 위한 연극처럼 보일 만큼 친근한 대화에 하루토는 점점 더 소외되는 것 같은 느낌을 받았다.

그래서 어떻게든 대화에 끼어들 틈을 찾았으나 목적을 이루기가 쉽지 않았다. 내용도 극히 사적인 탓에 괜히 참견했다가 오해만 살 수도 있을 것 같았던 것이다.

그러다 겨우 일단락이 되는 것 같자 얼른 올라탔다.

"축하합니다!"

"하루토 사장님. 제가 불편하면 나갈까요?"

"아, 아닙니다. 구태여 그럴 필요 없습니다. 어차피 앞으로 얼굴 마주할 일이 많을 것 같은데, 좋지 못한 기억은 잊겠습니다."

"어머! 잊고 싶으면 잊을 수도 있나요?"

"그럴 수밖에 없지 않습니까!"

"글쎄요. 보스는 그렇게 생각하실지 모르지만 전 쉬울 것 같지 않은데……. 여하튼 보스가 시키면 하긴 해야겠죠. 전 이만 물러갈 테니까 두 분 의미 있는 대화 나누세요."

그렇게 모모에는 훌쩍 나가 버렸다.

마치 승자의 여유처럼 활달한 모습에 하루토의 이마에 주름이 잡히지 않을 수 없었다.

소이치로도 이해는 하지만 그걸 용납할 마음은 없었다.

놈은 자신에게 원죄가 있는 인물이며 그 죄를 묻지 않았는데, 또다시 실망스러운 모습을 보였기 때문이다.

그래도 바로잡지 않았다.

인간적으로 친해지고 싶지 않은 그와는 적당한 거리를 두는 것이 차후에도 마음이 편할 것 같았기 때문이다.

게다가 할 말은 해야만 했다.

"제가 제시한 조건을 받아들인다면 확실히 해야 할 것이 있습니다. 짐작이 되십니까?"

"물론이죠. 전 이미 저항의 의지조차 꺾인 미쓰비시와 대면할 생각이 없습니다. 그 점은 염려하지 않아도 됩니다."

"입으로만 보여 주는 립 서비스는 의미가 없습니다. 구체적인 행동으로 증명해 주시길 권합니다."

"구체적인 행동이라니요?"

"알 만한 분이 그리 말씀하시면 제가 곤란하죠."

"혹시 미쓰비시 폭파 작전에 본 가문도 기여를 하라는 말씀인가요?"

"그래야 해운업계 1위를 차지할 수가 있죠. 가만히 구경만 해도 제가 고이 모셔 그대 앞에 바칠 줄 아셨습니까."

"아! 그럴 리가 있겠습니까!

지원을 전제로 자기 밥그릇은 스스로 챙기라는 말이었다. 그렇다면 결국 반 미쓰비시 연대에 참가할 수밖에 없다.

그 일에는 끼고 싶지 않았는데, 돌이켜 생각해 보니 이게 다 소이치로의 밑그림일지도 모른다는 생각이 들었다.

적으로 두면 안 될 사람에게 저지른 자신의 지난 과오가 떠오르면서 온몸의 털이 모두 곤두서는 서늘한 전율에 휩싸이고 말았다.

# 인생 2막,
## 섬나라 재벌로!

# 79. 양심을 재는 잣대

**인생 2막,**
섬나라 재벌로!

"미쓰비시가 무너지면 제법 떡고물이 많을 겁니다. 그것을 몇몇 기업이 나눠 가지게 될 텐데, 해운업은 미쓰이가 장악할 수 있도록 협력하겠습니다. 문제는 미쓰비시가 발악하며 물귀신 작전을 쓸 수도 있다는 건데, 어떻게 하면 확실히 잠재울 수 있을까요?"

"협력의 고리를 끊어야겠지요."

"역시! 말이 통하는군요. 그래서 말인데, 미쓰이가 힘을 좀 써 주십시오."

그렇게 시작한 대화는 미쓰비시의 분열을 가속시키는 방향으로 전개되었다. 그로서도 협조하지 않을 수 없었다.

이미 결정은 내렸고 돌이키기에는 부담이 너무 컸다. 언론은 물론 정치계까지 뒤죽박죽이 된 가운데, 자신들의 비리도 터지지 않을까 노심초사하고 있었기 때문이다.

지금은 미쓰비시 편에 서는 것보다 연합된 전선에 합류하는 것이 유리했다. 괜한 불똥을 맞아 안 그래도 버거운 상황을 더 최악으로 몰고 갈 수는 없었다.

"철도 관련 사업은 바로 인도 협의를 시작하라고 지시를 내리겠습니다. 두 기업 모두 정부의 자금이 깊이 투입되어 있어 팔아도 남을 게 별로 없다는 것이 안타까울 뿐입니다."

"하하하! 합병의 시너지 효과를 고려해 서운하지 않게 조정하도록 제가 직접 신경을 쓰겠습니다. 아쉽지는 않습니까?"

"아쉽죠. 하지만 저는 SSL 하나를 관리하기도 벅찹니다. 그래서 히타치는 물론 가문의 제반 사업들을 단계적으로 정리할 생각입니다."

그 말에 하루토의 눈빛이 반짝였다.

가장 큰 경쟁상대로 봤던 소이치로가 사업규모를 축소한다는 말이 그에게는 호재로 느껴졌기 때문이다. 자신은 감히 상상도 못할 미쓰비시를 무너뜨릴 계획을 세우고 성사 목전까지 도달한 인물이 아니던가!

어쩔 수 없이 협조하지만 지은 죄가 있다 보니 늘 찜찜했다. 기껏 사냥개로 쓰이고 목적을 달성한 뒤에는 가마솥에 처박히는 꼴이 되지는 않을지 염려했던 것이다.

그런데 일본을 뜨겠다니, 그보다 반가운 소식은 없었다.

"금요회 회원 포섭에 전사적인 노력을 기울이겠습니다."

"경과를 알려 주시면 좋을 것 같네요. 아무래도 본 가문이나 스미토모, 후요 가문도 역할을 분담해야 하기 때문에 서로 중복되는 일은 막는 게 효과적일 테니까요."

"알겠습니다. 필요하다면 연락관을 두는 건 어떻겠습니까?"

"그건 좋을 대로 하십시오."

떼놈 빤스를 입었는지 측근을 한 명 붙이겠다는 의향을 밝혔다. 귀찮을 것 같았지만 받아들였다.

역으로 이용할 수도 있으며 굳이 의심을 살 필요는 없다고 판단했다. 그와의 만남이 끝난 뒤, 소이치로는 실제로 스미토모와 후요 가문에도 똑같은 의향을 전하고 동의를 얻어냈다.

이로써 미쓰비시의 몰락을 가속화시킬 기본은 갖춰진 셈이 되었다. 그 외에 여론의 동향을 주시할 수밖에 없었는데, 이 또한 조정이 필요하다는 느낌을 지울 수 없었다.

언론의 적폐도 정계나 경제계 못지않았기 때문이다.

"진보정당 출범 이전에 언론도 손을 좀 봐야 할 것 같아."

"언론이요?"

"응. 같은 내용도 그들의 펜대에 의해 전혀 다르게 조명이 될 수도 있다는 점을 쉽게 보면 안 될 것 같다는 생각이 들었거든."

"하기야 일본의 언론자유지수는 최악이죠. 국가 위상에 비하면 정말 말도 되지 않는 조악한 수준이긴 합니다. 그러나 그게 될까요?"

"자본주의 사회의 장점이 뭐야?"

"아! 그렇다면 재정이 어렵거나 저희가 손을 댈 수 있는 언론사를 알아보겠습니다."

소이치로도 이게 매우 민감하다는 것을 알고 있었다.

이 또한 언론을 인위적으로 조정하겠다는 의미였기 때문이다. 하지만 공정하지 못하고 기울어진 운동장에서 싸워야 하는 입장에서는 피치 못할 선택을 할 수밖에 없다고 판단했다.

전체를 다 건드릴 수도, 변화시킬 수도 없겠지만 적어도 바른 소리를 내는 스피커가 필요했다.

지금처럼 혼란이 극에 달한 상태에서는 불안해하는 국민들을 혹세무민하기 더 수월하기 때문에 더 늦기 전에 진보의 나팔수를 세울 필요가 있었다.

"오빠!"

"어? 료코."

"왔으면 왔다고 얘기를 해야 하는 거 아냐?"

"바빴어. 미쓰이 하루토를 만났거든."

"그놈이 나를 입원시켰던 교통사고를 사주한 거 아냐?"

"사주는 이와사키 카이토가 한 것임이 밝혀졌고 놈은 구체적인 실행을 맡았었지."

"근데 그런 인간을 왜 만난 건데?"

"밥 먹으면서 얘기하자. 다쿠야는?"

"사표 쓰러 갔어."

"사표? 좀 더 버틴다고 하지 않았나?"

"징계를 한다잖아. 미친 것들이."

도무지 이해가 되지 않았다.

이미 해당 사건을 조작하려던 경찰 간부들이 줄줄이 날아갔다. 법적 책임을 물어야 하는데, 일본 특유의 악습이 나타났다.

경찰청 장관과 경시총감 두 고위직이 모든 죄를 뒤집어쓰는 대신 핵심적인 역할을 담당했던 몇몇 경시감과 경시장들은 자체 징계만 받는 것으로 방향이 잡혔다.

그것도 웃기는데, 내부고발자인 다쿠야도 동일한 선상에 올려 징계를 내린다고 하니 다쿠야 입장에서는 옷을 벗을 수밖에 다른 도리가 없었다.

료코가 화를 낼 만도 했다.

하지만 소이치로는 껄껄 웃으며 료코의 눈총을 받았다.

"오빠! 지금 웃을 때야!"

"웃지 않으면?"

"다쿠야가 불명예 퇴진을 하게 생겼다고!"

"걱정하지 마. 불명예는 그런 개 같은 시도를 한 적폐들이 고스란히 뒤집어쓰게 될 테니까!"

"어떻게?"

"화가 나도 조금만 기다려 봐. 어차피 다쿠야는 그만두기로 했잖아."

"그건 알지. 하지만 참의원 선거에 나가더라도 부패경찰이라는 이미지를 달면 면이 서질 않잖아."

"료코. 오빠 믿으라고 했잖아. 난 다쿠야를 일본 역사상 가장 젊은 총리나 대통령으로 만들 거야."

"대통령?"

여자는 간사하다.

아니, 인간은 다 간사할지도 모른다.

남편의 불명예를 염려하던 료코가 갑자기 어깨에 뽕이 잔뜩 들어가고 말았다. 오빠의 말이라면 뭐든 믿지만 설사 그게 이뤄지지 않더라도 기분 좋은 상상이었기 때문이다.

사실 나고야에서 참의원에 당선되는 것은 따 놓은 당상이다. 아유카와 가문이 밀어주는 나오미 여사의 사위라면 불명예가 아니라 더 큰 사고를 쳤어도 당선에는 문제가 없다.

때문에 전혀 불가능한 얘기가 아니다. 장기 집권했던 보수당이 아닌 진보정당을 설립해 앞장서는 것이 불안 요소지만 최근 분위기만 보면 안 되라는 법도 없을 것 같았다.

국민을 속이려던 경찰의 초대형 비리를 터트리면서 다쿠야는 일약 정의로운 경관의 이미지가 굳어졌기 때문이다.

"억압은 오히려 멋진 스토리가 될 거야."

"스토리?"

"사람들의 진심을 끌어낼 수 있다는 거지. 당장 사실을 규명하고 진실을 밝혀도 되지만 그건 너무 쉽잖아."

"진실은 언젠가 드러난다는 거지?"

"그렇지. 고난이 길수록 아픔이 클수록 더 큰 지지를 받게 될 거야. 그러니까 너도 의연한 모습을 보이란 말이다."

"알았어요. 오빠."

통통 튀는 료코가 정치인의 아내로 적당한지는 자신할 수 없었다. 하지만 이제라도 길게 보고 차분하게 준비하라는 조언을 받아들였다.

다쿠야까지 참석한 저녁 식탁에서 소이치로는 자신이 생각해 둔 창당에 대한 생각을 밝혔다. 무엇보다 중요한 것은 사람을 가려 뽑아야 한다는 것이다.

바람을 타고 날아온 어중이떠중이들을 다 받아들인다면 배가 산으로 갈 수도 있기 때문에 목적의식부터 명확히 할 필요가 있었다.

"다쿠야. 마음의 결정은 했어?"

"응. 달리 길이 없잖아."

"길이 없어서 정치를 선택한다고?"

"말이 그렇다는 거지. 하하하!"

"그런 자세로는 곤란해. 이젠 말 한 마디도, 행동거지 하나도 조심할 필요가 있어. 정치인은 이미지가 중요하거든!"

"네. 소가주. 웃음기 싹 빼고 진지하게 임하겠습니다."

"기본적으로 가문이 나서서 다양한 지원을 아끼지 않겠지만 가장 중요한 것은 당사자의 헌신적인 마음가짐이라고 생각하기 때문에 난 이제부터의 행보가 아주 중요하다고 봐."

그러면서 꺼낸 제안이 파격적이었다.

기본적으로 사재를 털어 지역의 어려운 사람들을 돕는 복지재단부터 설립하라고 권했다. 명예를 좇고자 한다면 돈은 버리라는 충고는 그는 물론 료코도 깜짝 놀라게 만들었다.

다쿠야의 재산도 적은 것은 아니지만 료코는 차후 어마어마한 자산을 물려받기 때문에 돈에 대한 욕심을 버리라는 충고는 많은 생각을 하게 만들었다.

작은 욕심에 눈이 멀면 절대 대도가 될 수 없다고 말했다.

"대도(大盜)?"

"그래. 한 나라를 훔치려는 자가 취해야 할 마땅한 태도에 대해 고심해 보라는 거야."

"⋯⋯무슨 말씀인지 이해가 됐습니다. 소가주."

"료코. 너도 이젠 이미지를 바꿔야 해. 후덕한 퍼스트레이디가 되려면 늘 웃고 감사하며 베푸는 삶을 살아야 해."

"오빠. 난 그거 어려울 것 같아요."

"퍼스트레이디 싫어?"

"그건 아니지만 타고난 천성을 어떻게 하루아침에 바꿔요."

"그럼 네가 할 수 있는 가장 좋은 이미지가 뭔지 생각해 보고 그게 정치인 남편을 내조하는 데 적절한지 고심해 봐."

"알았어요."

창당의 초석이 될 원로를 모시는 것부터가 쉽지 않았다.

사회적인 명망이 높으면서도 진보적인 사고를 가진 사람이 매우 드물었기 때문이다. 그래서 때 묻은 정치인보다는 학계의 다양한 전문가들로 구성된 싱크탱크를 만들기로 했다.

조직의 규모가 적절히 확보되지 못하면 아무리 옳은 소리도 묻힐 수 있기 때문에 연계도 고려했는데, 기존 야당과의 연합보다는 보다 근본적인 접근법을 선택했다.

일단 나고야 인근의 의석부터 확보해야 하며 야당 성향이 강한 지역의 유망한 가문과 교분을 쌓아 기존 정치인과는 구별되는 유능한 신인을 추천받기로 결정했다.

"소수 야당 중에도 힘을 합할 수 있는 세력이 있습니다."

"알아. 하지만 당대당 합당은 바람직하지 않으니까 먼저 손을 내밀지 말고 내년 초에 치러질 참의원 선거에서 최대한의 의석을 확보한 후에 고려해 보자고."

"몇 석이나 차지할 수 있을까요?"

"제1야당이 되려면 25석은 확보해야 해."

"전체 의석의 절반인 124명만 뽑는데, 그중에 20%를 확보하겠다고요?"

"공명당의 의석을 뺏어 와야 가능하기 때문에 적어도 50명은 입후보를 시켜야 해. 바쁘겠지?"

5개월도 남지 않았다.

창당에 필요한 절차를 밟는 데도 두어 달은 훌쩍 지나갈 것이다. 때문에 그 목표는 너무하다는 생각을 지울 수 없었다.

그래도 다들 군소리 없이 달리기로 했다.

그건 목표일뿐이고 목표는 높아야 마땅한 거니까.

중요한 것은 이날 이 시간 이후로는 모든 책임을 당수가 될 다쿠야가 맡아 진행해야하기 때문에 대화는 길어질 수밖에 없었다.

결국 호텔로 자리를 옮겨 와인을 나누며 늦은 시간까지 협의에 협의를 이어 나갔다.

* * *

"태국에 돌아간다고요?"

"응. 이미 필요한 조치는 다 취했어. 왜? 불안해?"

"네. 오빠라도 있어야 마음이 놓일 것 같아요."

"변화는 분명히 일어날 거야. 하지만 내가 깊이 있게 생각을 해 봤는데, 갑작스러운 변혁은 부작용을 낳을 가능성이 높아. 뜻하지 않은 저항이 있을 수도 있고. 그래서 템포 조절이 필요해."

"위험하지는 않겠죠?"

"그래. 그래도 늘 조심하는 게 좋지. 내가 말했던 거 명심하고 길게 보고 호흡해. 알겠지?"

"네."

일본의 상황이 다급한 것은 사실이었다.

하지만 필요한 조치를 취한 소이치로는 서두르지 않기로 결정했다. 마음 같아서는 장애물을 한꺼번에 다 치우고 싶지만 중요한 것은 국민들의 사고방식이 변해야한다는 것이다.

정의와 공정에 대한 의식이 높아져 정치는 물론 사회문제 전반에 적극적으로 참여하려는 시민 연대의 힘이 절실했다.

그게 인위적으로 달성될 수 없다고 여기기에 장기적인 포석을 마련하고 기다리는 수밖에 없다고 봤다.

출국 전에 인터뷰를 한 것도 그런 자신의 분명한 의지를 표명함으로써 현실에 대한 인식이 변하기를 바라서였다.


- 곧 재판이 진행될 텐데 갑자기 출국하는 이유가 뭔가요?

"저는 피의자가 아니고 피해자입니다. 제가 어디든 가지 못할 이유는 없죠. 필요하면 참석하겠지만 너무도 증거가 명백해 변호인이 대리해도 문제가 없다는 검토가 끝났습니다."

- 혹시 핵심 가해자들을 용서할 마음은 없으십니까?

"용서요? 혹시 그들이 잘못을 인정하고 용서를 구하고 있습니까?"

- 그렇지는 않지만…….

"어느 언론사 기자신지 모르지만 본인이 지금 무슨 헛소리를 지껄이고 있는지는 알고 있습니까?"


기자들의 곤란한 질문을 받아도 되받아치는 경우는 드물다. 그 이유는 언론의 횡포를 너무도 잘 알고 있기 때문이다.

하지만 소이치로는 거침없이 꾸짖었다. 인간에 대한 기본조차 갖추지 못한 기자의 억지 논리와 무례를 정확히 꼬집으며 편파적인 시각을 수정하라고 소리쳤다.

사회적 지위를 고려해 체면을 지킬 것이라고 봤던 기자는 얼굴이 시뻘게져 반박도 하지 못했다. 마치 기다렸다는 듯 무리한 기자로부터 빌미를 얻은 소이치로는 보기 드문 장면을 연출했다.


"언론의 역할이 뭡니까? 우리가 사는 사회를 더 맑고 깨끗하고 아름답게 만들고 꾸미는 것을 사명으로 여기는 소중한 직업 아닌가요?"

- 왜 그런 말씀을 하시는 건가요?

"일본은 한때 언론 자유 지수가 세계 11위까지 올랐던 민주국가입니다. 아시아에서는 단연 압도적인 1위였습니다. 그런데 지금은 어떤가요? 현 집권 세력이 등장한 이래, 한국이나 대만보다도 한참 낮은 세계 중위권입니다. 대체 왜 그렇게 된 겁니까?"

- 지금 정언 유착을 지적하시는 건가요?

"그렇습니다. 왜 정권과 재벌의 눈치를 보고 기사를 작성하느냐는 말입니다. 여러분은 일본의 양심을 재는 잣대가 아닌가요?"

- 너무 과도한 매도로군요! 본인은 그렇게 깨끗합니까?

마치 1 대 100의 싸움을 하는 느낌을 받았다.

하기야 벌떼처럼 몰려든 기자들을 모두 도매로 묶어 비난했으니, 반감을 가질 만도 했다. 급기야 넌 얼마나 깨끗해서 그런 소릴 지껄이느냐는 반발까지 나왔다.

그만하면 찔끔하고 물러설 만도 한데, 소이치로는 그러지 않았다. 아니, 더 강하게 밀어붙였다.

"저도 감추고 싶은 암흑의 시간이 있었습니다. 아마 여기 계신 기자들도 알고 계실 겁니다. 저는 한창 젊은 적, 그저 놀기 좋아하고 예쁜 여자나 후리고 다닌 망나니였습니다. 어제도 '나고야의 개차반'이었다는 소릴 듣고 웃었습니다."

- 그런 분이 타인의 허물을 지적할 수 있나요?

"네. 있습니다. 제가 문란한 생활을 한 것과 언론의 편파적인 경향이 무슨 상관관계가 있나요? 저는 잘못을 인정하고 용서를 구했으며 지금은 바르게 살려고 최선을 다하고 있기 때문입니다. 그것마저 부정하실 분, 계십니까?"

당연히 아무도 나서지 못했다.

왜냐면 수많은 일본의 언론들이 SSL의 성공 신화를 집중

조명하며 소이치로에게 일본이 낳은 신세대 경영 천재라는 칭송을 아끼지 않았기 때문이다.

대단한 성장 배경을 소개했으며 청년기의 방탕했던 삶을 정리하고 단신으로 외국에 나가 도전적인 기업 경영을 통해 큰 성공을 거둔 과정을 집중 조명했다.

특히 누구나 알만한 대단한 배경을 지녔지만 가문의 도움도 없이 고군분투한 결과, 닛산을 인수할 정도로 거대한 성공을 거둔 것은 일본 기업의 귀감이라고 소개했기에 이 대목에서 더 반발하면 자기 발등을 찍는 셈인 것이다.


"잘못된 과거를 청산하고 인정하는 것이 당장은 고통스러울지 모르나 그게 발전을 위한 초석이 될 겁니다. 패전 후에 의도치 않은 호재가 따라 빠른 성장을 거두는 바람에 우린 역사 앞에 바로 설 기회를 잃었습니다."

- 의도치 않은 호재라는 게 한국전쟁을 말하는 겁니까?

"그렇죠. 이웃의 불행한 비극을 호재라고 표현할 수밖에 없었던 점은 지극히 자의적인 해석이며 미안한 일입니다. 최근 오랜 불황을 겪자 한국에 다시 전쟁이 터져야 한다는 헛소리를 지껄이는 인간쓰레기들이 아직 있다는 것이 너무 부끄럽습니다. 과거를 청산하지 못하고 돈 냄새에 흠뻑 젖는 바람에 우린 너무도 많은 것을 잃었습니다."

- 대체 뭘 잃었다는 거죠?

언론의 혁파를 주장했던 소이치로가 이젠 국가 정책의 민
감한 부분까지 언급하기에 이르자 다들 바짝 긴장했다.

옳은 말을 하는 사람은 어디든 있다. 하지만 지금 이 시점
에서 소이치로가 지닌 위상과 국민의 관심은 실로 대단하다.

언론들이 스스로 칭송하길, 일본 기업이 나아가야 할 방향
을 제시한 경영의 선구자이며 그를 보고 배워야 한다고 하지
않았던가!

특히 한국을 언급하며 역사 문제를 거론했는데, 그 표현들
이 너무 적나라하고 비판적이어서 긴장감은 장난이 아니었
다.

그리고 나온 단어들은 기자들로 하여금 소름이 돋게 했다.


"인간의 도리라고 생각합니다."

- 그건 너무 과도한 매도 아닌가요? 인간의 도리를 잃었다
면 일본인들은 다 비인간적이라는 말입니까?

"확대해석해서 본질을 왜곡하지 말고 들어 보십시오. 제국
주의적 야욕에 불타 수많은 나라를 공격했고 씻을 수 없는
피해를 입혔습니다. 아닌가요?"

- 그건 그 당시의 국제 질서에 따른 국가 정책이었습니다.

일본만 그랬던 것도 아니고 수많은 강대국들이 동참했던 역사의 한 장면입니다.

"그래서 잘했다는 겁니까? 설마 그건 아니죠?"

— 약육강식의 시대였습니다. 그에 대한 판단은 각자의 몫이라고 생각하고 일본 정부도 사과에 배상을 이미 끝냈습니다.

"소위 배웠다는 기자분도 그런 시대착오적인 시각을 가졌기 때문에 인간의 도리를 잃었다는 말을 한 겁니다. 우리 솔직하게 얘기해 봅시다. 일본인이 아직도 신이 내린 신성한 민족이라고 생각합니까?"

뭐든 당당하게 맞설 것 같던 기자가 대답을 못했다.

그는 진심으로 선민의식을 가지고 있었던 것이다. 그러니 아직도 한국을 식민지라고 생각하고 그런 역사의식이 저변에 깔려 있기 때문에 뭐든 민감하게 반응하고 한국을 혐오하는 것이 정당하며 아시아인들을 열등하다고 믿었던 것이다.

하지만 그걸 제 입으로 시인하는 것은 또 다른 문제였다. 스스로 정신병자라고 인정하는 꼴임을 인지한 것이다.

"이렇습니다. 일본인들의 의식구조가. 일찍이 몽골족이 원나라를 세우고 한족을 3등급으로 분류했다고 그들이 정말

하등 민족인가요? 한국인들이 아직도 일본 선민들의 지배를 받아야 할 하등 민족이냔 말입니다!"

- 또다시 논리의 비약이 이뤄지고 있습니다.

"하하하! 다 그렇게 생각하지 않는다는 거 압니다. 하지만 적어도 방임하고 있죠. 아무 근거도 없는 혐오와 배척의 근간에 그런 저열한 의식이 깔려 있는데, 그게 다 정치 지도자들의 얄팍한 수작 때문입니다."

- 또다시 역사 문제로 이어지는 건가요?

"그렇습니다. 전범자들을 엄중히 처벌하고 역사 앞에 진정 어린 사과가 선행되었어야 하는데, 그러지 못했습니다. 재집권한 제국주의자들은 극우의 탈로 바꿔 썼을 뿐, 제 선조들의 치부를 가리기 위해 역사를 왜곡하고 국민들을 속였습니다."

- 명문가의 후계자로서 하실 말씀이 아니지 않나요?


드디어 결정적인 순간이 돌아왔다.

겉으로 드러난 것은 극히 일부일 뿐, 실제로 전전부터 재벌이자 명문가였던 아유카와 가문은 전쟁에 적극적인 기여를 했다.

지금 던지고 있는 말들이 스스로 목을 조이는 행위나 다름이 없었다. 기자가 그걸 지적하자 소이치로는 긴 한숨을 내

쉬며 잠시 숨을 골랐다.

지금부터 던질 말의 중요성을 자인하고 있었기 때문이다. 단상에서 비켜난 소이치로가 갑자기 머리를 깊이 숙여 인사를 하는 모습에 다들 어리둥절했다.

갑작스러운 태세 전환에 놀랐으나 그게 아니었다.


"본 가문은 제국주의적 야망에 부화뇌동하여 수많은 자금을 댔으며 그걸 메우고 더 많은 부를 이루기 위해 정부가 허용한 비인륜적이며 불법적인 사업에 적극 참여했습니다. 알려진 것보다 훨씬 많고 심각해 차마 입에 담기도 힘듭니다."

- 소이치로 대표님. 이미 오래 전에 끝이 났고 역사적으로, 법적으로 아무런 하자가 없는 것을 왜 굳이 들춰내는 거죠?

"이 자리를 빌려 사죄를 드리기 위해서입니다. 피해자분들이 대부분이 사망하셔서 소송에 나서지 못할 것으로 압니다. 하지만 저희는 자발적으로 조사에 임할 것이며 찾아뵙고 사죄를 드리고 응당한 배상을 행할 것임을 천명합니다!"


이건 결정판이었다.

스스로 범죄를 시인했으며 사과와 배상까지 언급했다.

법적인 책임을 질 당사자도 아니며 그냥 두면 묻힐 가능성

이 높은 내용이다. 그런데 제 입으로 자복하는데 어찌할 도
리가 없었다.

감히 사실이냐고 묻는 기자도 없었다.

이로써 분명해졌다.

일본이 최악의 상황을 딛고 재도약하려면 역사와의 화해,
아니 용서부터 구해야 한다는 것이.

* * *

"속은 후련한데 파장이 장난이 아닐 것 같습니다."

"극우 세력들이 발악을 하겠지. 하지만 그건 어쩔 수 없이
건너야 할 강이야."

"일본을 벗어나 있는 게 다행인 것 같습니다."

"하하하! 무서워서 피하는 건 아니야. 난 일본 국민들이
이 문제를 스스로 극복해야 한다고 생각해. 그게 되지 않는
다면 나로서도 어쩔 수 없지."

전용기를 이용해 태국으로 향했다.

안 사장과 함께 가지 못하는 것이 아쉽긴 했지만 그의 건
강이 호전되어 공항에 배웅까지 나와 정말 다행이었다.

소이치로의 인터뷰는 또 한 번 일본을 뒤집어 놨다.

현실을 인정하지 못하는 이들이 발악에 가까운 반응을 보

이며 미쓰비시를 옹호하는 바람에 역효과도 보였다.

오죽하면 가토 회장에게서 전화가 왔다.

나오미 여사의 성화에 마지못해 연락한 것 같은데, 이미 전권을 위임했고 발표까지 마친 상황이기에 돌이킬 수 없었다.

한일 관계를 근본적으로 재조명하게 된 계기가 되었다.

"한국도 반응이 나오고 있습니다."

"당사국이니 그럴 테지."

"양심선언이라는 표현을 사용하는 것은 보스에게 좋을 게 없을 것 같은데……. 역시 민감한 반응이 튀어나오네요."

"나쁘지 않아. 어차피 일본의 왜곡된 역사 인식이나 속 좁은 외교 대처에 대한 선진국들의 시각이 바뀌었기 때문에 일본의 극우적인 목소리는 점점 힘을 잃을 거야."

"복잡하네요."

이래서 정치적인 문제에는 나서고 싶지 않았다.

전문 분야도 아니며 더러운 꼴을 보지 않는 것이 최선이라고 생각했었다. 처자식을 잃지 않았다면 이렇게까지 적극적으로 나서지는 않았을 것이다.

그러나 인내의 한계를 느꼈고 결국 한복판에 뛰어들었다. 리스크도 크고 일본인들의 과도한 관심으로 머리가 찌근거렸지만 회피하고 싶지는 않았다.

문제는 매우 긴 싸움이 이어질 것 같다는 점인데, 차분하고 냉정하게 상황을 주시하며 이겨 내야만 했다.

"보스!"

"어서 오세요! 대표님!"

"태국에 무사히 돌아오신 것을 환영합니다!"

다들 걱정이 많았던 모양이다.

　SSL 본사가 위치한 사뭇쏭크람 공단 활주로에 전용기가 착륙했다. 그런데 수많은 임직원들이 기다리고 있었다.

　각자 맡은 바 임무에 바빴지만 소 대표가 이렇게 장기간 자리를 비운 적도 없었으며 언론에 오르내리며 비난받은 적도 없었기 때문에 걱정하지 않을 수 없었던 것이다.

　하지만 소이치로 특유의 당당한 미소를 마주한 이들은 쌓였던 시름이 한순간에 사라지는 경험을 했다.

"오늘 임원 회의가 있다는 말은 못 들었는데요?"

"회의는 내일부터 연이어 잡혀 있고요. 오늘 저녁에는 우리 식구들이 다 모여 회식을 갖기로 했어요."

"아! 회식 좋죠!"

　실리완이 나서서 말을 받았다.

　하지만 가장 앞에는 역시 연이채가 서 있었다. 그녀와의 포옹을 시작으로 모여든 임직원들과 일일이 인사를 나눈 소이치로는 이곳이 자신의 고향 같다는 느낌을 받았다.

근본은 한국인이며 국적은 일본인이지만 자신의 인생 2
막이 펼쳐진 근거지였으며 모든 꿈이 실현되고 있는 현장
이었기 때문이다.

회식을 위해 이동했는데, 의외의 장소였다.

"연 대리. 어디로 가는 거야?"

"저도 이제 호텔 생활을 끝낼 때가 된 것 같아서요. 이
번에 새로 조성한 사무삭혼 주택단지에 임직원용 주택을
지었잖아요. 그중에 가장 예쁜 곳을 배정받았어요."

"좋긴 한데, 주택에 살면 너무 썰렁하지 않을까?"

"치! 보스는 왜 남 얘기하듯 하세요!"

앞좌석에 앉았던 실리완이 갑자기 끼어들었다.

아무 생각 없이 듣고 말했는데, 그 순간 퍼뜩 생각이 났
다. 그 집은 이채가 혼자 살려고 이사한 것이 아니었던 것
이다.

이미 소문이 쫙 퍼졌고 나오미 여사에게 확답까지 받았
기 때문에 이젠 쉬쉬할 일도 아니다. 어쩌면 부모님도 연
이채와의 관계를 인지하고 있을지도 모를 일이다.

그런데 당사자라는 인간이 엉뚱한 소리를 하고 있으니
답답함을 느낀 실리완이 발끈했던 것이다.

같이 살 집에 도착한 소이치로는 행복했다.

크지도 작지도 않게 아담하고 예쁜 집이었으며 잔디가

깔린 마당에 가든파티가 준비되어 있었기 때문이다.

"마음에 드세요?"

"응. 여기가 우리 보금자리란 말이지!"

"네. 꾸민다고 꾸미긴 했는데 어떨지 모르겠어요. 하지만 신경 쓰이시면 보스는 입주를 미루셔도 괜찮아요."

"하하하! 신경 쓸 거 없어. 모든 것이 잘됐거든!"

상세한 얘기를 해 주고 싶었지만 그럴 겨를이 없었다.

차에서 내리자마자 우르르 몰려든 임원들과 다양한 주제에 대한 이야기꽃을 피우기 시작했기 때문이다.

단연코 많은 관심을 보인 부분은 미쓰비시의 몰락에 대한 것이었다. 그들의 테러도 문제였지만 그걸 조작하려는 움직임을 보이는 바람에 정경 유착의 고리가 드러났다.

그래도 그것뿐이었다면 관련자들이 처벌받는 선에서 끝날 수도 있었다. 워낙 지지 세력이 두꺼웠기에.

하지만 그 상황을 내다본 소이치로가 나섰고 횡령과 담합이 판을 친 오랜 권력형 비리의 실체가 윤곽을 드러냈다.

미쓰비시 그룹이 존폐의 위기에 몰린 것이다.

"소 대표님. 미쓰비시가 이 위기를 타개할 수 있을까요?"

"강 사장. 난 그럴 가능성은 낮다고 봐. 간판은 내리겠지. 하지만 미쓰비시가 무너지면 일본 경제는 재기불능의 사태에 빠질 거야. 정부가 지켜보지만 않을 거라고. 그렇지 않나?"

"김 사장님 의견도 공감하지만 전 무너질 거라고 봅니다. 왜냐면 명분을 잃었기 때문입니다. 타격은 심각하겠지만 미쓰비시가 아니면 큰일이 날 거라는 생각은 착각입니다."

"오호! 신중한 최 사장이 그렇게 생각한다면 더 궁금해지는데? 우리 보스 생각이?"

강희재, 김일호, 최남식까지 의견이 분분했다.

한국으로 치면 삼성만큼이나 영향력이 큰 기업군이기 때문이다. 하지만 내용을 보면 삼성과 비교할 수 없다.

대부분의 사업에서 적자를 보거나 근근이 끌고 가고 있을 뿐, 수익을 내거나 전망이 밝은 사업이 없기 때문이다.

그래도 미쓰비시가 가진 위상을 고려하지 않을 수 없었기에 무너지지 않을 것이라는 의견이 더 강했다.

중요한 것은 소이치로가 그저 듣고만 있다는 것이었다. 마치 정답을 기다리고 있는 것 같아 토론은 더 뜨거워졌다.

그리고 마침내 의견을 피력했다.

"전 해체될 거라고 봅니다."

"해체?"

"네. 각자도생을 위해 자진 해체의 수순을 밟을 거라고 봅니다. 그 순간, 여러 기업이 걸신들린 것처럼 달려들어 물어뜯을 겁니다."

"우리 대장이 이미 작업을 해 놨나 보군!"

"네. 조금……. 하하하!"

# 80. 사람은 고쳐 쓰는 게 아니다

# 인생 2막,
## 섬나라 재벌로!

확답하지 않았다.

하지만 아무도 이의를 제기하지 않았다.

평상시 소 대표의 일처리 솜씨를 익히 알고 있기 때문이다.

최남식이 언급한 명분을 잃었다는 지적에 다들 공감했다. 그들이 자랑스럽게 여기는 역사마저 오물을 뒤집어썼다.

일본 보수층은 물론 전쟁 당시에 피해를 입은 당사국들의 반응이 하나둘 나오기 시작했다.

그동안은 한국만 치열하게 맞섰다. 그러나 그들이 저지

른 천인공노할 전쟁범죄가 증거와 함께 제시되면서 친일 국가로 분류되던 대만마저 반일 감정이 뜨거워지고 있었다.

"겉으로는 갖은 아양을 떨며 친구라고 떠든 일본이 사실은 제 추악한 죄악을 덮기에 급급했다는 것을 알게 된 거지!"

"전 대만이 일본의 속성을 모르고 있었다고 생각지 않습니다. 다 알면서도 자국의 이익에 부합하는 선택을 해 왔다고 생각합니다."

"오호! 최 사장. 그 말이 맞는 것 같아. 대만도 결국은 중국인의 나라잖아. 국력이 약하고 날로 강성해지는 중국의 위협에 노출되어 있어서 더 비굴해질 수밖에 없었을 테지."

"네. 저도 그렇게 봅니다. 하지만 일본의 위상이 곤두박질치고 있는 지금은 기대거나 연합할 나라가 아니라고 판단할 가능성이 높습니다."

"더 악랄하게 물어뜯을 수도 있겠군!"

최남식이 선명한 의견을 제시했다.

거의 소이치로와 동일한 사고를 드러냈는데, 잠잠히 듣고 있던 소 대표는 그의 쓰임새에 대해 재고하지 않을 수 없었다.

대체 에너지 사업이 중요한 것은 맞다. 그가 원하는 사업이며 지금 태양광, 태양열 사업이 가시적인 성과를 내고 있는 것도 사실이다.

그러나 자신이 아껴 열심히 가르쳤던 후배 최남식도 시간을 헛되이 보내지 않았던 것이다. 그런 판단이 서는 순간, 그를 좀 더 폭넓게 활용하지 못한 아쉬움을 느꼈다.

그래서 은근슬쩍 대화에 끼어들었다.

"대만도 일본과 똑같은 족속입니다. 한 수 아래로 봤던 한국의 위상이 자국을 추월하지 오래인데, 아직도 그걸 인정하지 않고 헐뜯기 바쁘지 않습니까!"

"그러고 보면 베트남, 인도네시아도 그렇고 왜들 다 그렇게 이기적이고 단시안적인지 모르겠습니다."

"그렇기 때문에 한국이 더 돋보이는 거죠. 얼핏 착각하기 쉬운데, 그건 국민성이라기보다는 민주적 성숙도라고 보는 것이 적절합니다."

"민주적 성숙도요?"

"네. 그런 측면에서 보자면 아세안에서는 태국이 가장 나은 편이고 미얀마도 괜찮은 환경이라고 생각하는데, 문제는 정치적 후진성이 경제에 미치는 영향력이죠."

한동안 잊고 지냈던 미얀마 화두를 꺼내 놨다.

SSL이 태국에 기반을 두고 출발했지만 광범위한 활동

영역을 아세안 지역으로 잡고 있기 때문에 차기 투자 지역인 미얀마의 정치적 안정은 매우 중요했다.

이미 발을 디딘 상황이었고 태국 복귀와 더불어 우선적으로 점검해야 할 세 가지 내용 중에 가장 신경이 쓰였다.

따능이 맡기로 했지만 함께 일본을 다녀왔기 때문에 그 역할을 실리완이 대신 조정했고 최남식이 직접 움직였었다. 대체에너지 사업에 적절한 국가로 분류했기 때문이다.

그가 미얀마에 머물며 다양한 상황을 점검했기에 그 내용부터 확인코자 했다. 그런데 그의 판단은 기대와 달랐다.

"불확실성이 너무 높습니다."

"마빈은 만나 봤습니까?"

"네. 보스의 전략이 재대로 진행되는지 확인하기 위해 우 마빈을 만나 깊이 있는 대화를 나눴고 피앙도 함께 데리고 다니며 점검했는데, 군부의 무지함과 폐쇄성은 상상 이상이었습니다."

"그렇습니까? 아무래도 그 얘기는 내일 다시 꼼꼼하게 점검하면서 이어 가야 할 것 같군요."

"네. 그러시죠. 저도 보고 드릴 것이 많습니다."

아무리 신뢰하는 측근들만 모였다지만 지금 미얀마에서 전개하고 있는 작전은 열린 대화를 나누기에는 부적절했다.

또한 깊이 알고 관여하는 사람도 한정되어 있어 일단 내 일로 미루기로 결정했다. 다들 눈치를 채고 더 끼어들지 않아 다행이었다.

바이오는 이부용이 아직 한국에 머물고 있어 당장 논의할 게 없었고 남은 한 가지는 애매한 상황에 처한 모터스였다.

닛산을 인수해 인피니티와 통합하며 최고 품질의 라인업을 준비하고 있지만 재고를 털어야 하는 상황에서 예상보다 매출이 나질 않아 재정적인 어려움이 심했다.

"파격적인 할인을 하는데도 매출이 나지 않는 이유가 뭐라고 보십니까?"

"보스. 책임자의 보고부터 받으시는 게 좋지 않을까요?"

"연 단장. 괜찮죠? 다양한 의견을 수렴하는 거."

"네. 전 좋은 기회라고 생각해요."

"들으셨죠? 기탄없는 의견 개진 부탁드립니다."

갑자기 모터스 화제를 꺼내자 실리완이 깜짝 놀랐다.

다른 사람도 아닌 연이채가 담당하고 있는 사업이다. 그녀 또한 상당한 지분을 보유한 2대 주주였기에 아무리 그룹 임원이라도 함부로 입을 놀리기 어렵다고 본 것이다.

게다가 둘이 함께 살 집 정원에서 회식을 하고 있던 터라 더 조심스러웠던 것이다. 그러나 소이치로는 개의치 않았다.

이미 함께 일을 해 오며 이런 상황을 수없이 정면 돌파해 왔기 때문에 오해 따위는 염려하지도 않았다. 연이채도 불편한 기색 없이 고견을 청취하겠다는 뜻을 밝혔다.

하지만 노회한 김 사장도, 남의 일에 나서기 좋아하는 강 사장이나 방 사장도 쉽게 입을 열지 못했다.

'어허! 연 대리의 눈치를 보나?'

'그럴 사람이 아닌데?'

예상과 다른 분위기에 소 대표도 살짝 당황했다.

뭐든 도움이 될 만한 조언이 쏟아질 것이라고 기대했는데, 의외로 다들 부담스러워한다는 느낌을 받았기 때문이다.

대표인 자신도 어려워하지 않는 측근들이 입 떼기를 꺼려하는 것이 걱정스러울 무렵, 먼저 발언한 사람은 뜻밖에도 DIS의 폰타나였다.

한국어를 배우고는 있지만 아무래도 서툴러 좀처럼 대화에 끼지 못하던 그녀였기에 모든 시선이 쏠렸다.

"전 직위부터 조정해야 한다고 생각해요."

"폰타나. 그게 무슨 말입니까?"

"모터스는 지금 현재 저희 SSL그룹의 가장 덩치가 큰 계열사잖아요."

"그렇죠."

"그런데 그 책임자를 왜 아직도 인수단장이라는 직위에 그냥 두는 거죠? 제 생각에는 대표이사로 세워 기강부터 바로잡아야 한다고 생각해요."

"아!"

폰타나의 의견에 다들 강한 공감을 나타냈다.

지휘 체계에 문제가 있음을 인정한 것이나 다름이 없었다. 설립 이후 80년간 닛산이던 기업을 인수해 명판을 갈았지만 주요 임원들의 인적 구성은 가급적 손대지 않았다.

대규모 구조조정과 인원 감축, 자산 정리를 시행하면서도 핵심 인사들은 지켜 줬던 이유는 연이채가 요구했기 때문이다.

사람이 가장 중요하다는 의견은 소이치로도 동의하는 바였기에 일체의 의심도 하지 않고 받아들였다.

그런데 위계질서에 대한 의구심이 튀어나온 것이다. 연이채로서는 바늘방석이 될 수밖에 없는 상황이라서 너무 경솔하게 건드린 게 아닌가 싶었다.

그 어색한 상황에 당사자가 입을 뗐다.

"다 제가 부족해서 나온 결과에요. 여러분의 진심 어린 조언을 가슴에 깊이 새겨 차후에는 걱정 끼치지 않도록 유념하겠습니다."

"그만하세요. 연 단장. 그렇게 말씀하시면 저도 책임에서 자유롭지 못합니다. 더 큰 문제는 왜 아직도 그런 상황을 제가 모르고 있었느냐는 겁니다."

"그동안 다양한 방법으로 문제점을 살펴봤고 이제 개선책이 구체화되어 대표님께 보고 드리려고 했습니다."

"다행이네요. 오늘 회식이 끝나는 대로 그 얘기부터 듣죠."

"네. 준비해 뒀습니다."

갑자기 분위기가 무거워졌다.

그도 그럴 것이 둘의 사이를 모르는 사람이 없다. 때문에 공과 사를 명확히 하는 지금의 모습이 찜찜했던 것이다.

소이치로의 시선에 냉기가 풀풀 날리는 느낌을 받았다. 그런 문제점을 알고 있었다면 누구라도 살짝 귀띔을 해 줬으면 좋았을 텐데, 사적인 관계가 오히려 부담된 것 같았다.

그러나 공은 공이고 사는 사다.

방금 두 사람이 보여 줬듯이 사적인 감정이 업무에 영향을 미치는 것은 바람직하지 않을뿐더러 역효과를 낼 수도 있다.

미리 언질이라도 있었다면 좋았을 것이라는 아쉬움이 컸

다.

"자. 다들 한 잔씩 하시죠!"

"보스. 먼 길에 피곤하실 텐데, 괜찮으시겠습니까?"

"네. 이 한 잔만 더 마시겠습니다. 이렇게 한마음 한뜻으로 저를 믿고 함께해 주셔서 정말 고맙습니다."

언제 그랬냐는 듯 훌훌 턴 소이치로가 건배를 제의했다.

측근들을 탓할 이유는 없다. 이번 경우를 통해 차후 그런 일이 일어나지 않도록 공감을 했다면 그것으로 족했다.

그렇게 2시간여의 회식이 끝나고 해산했다.

소이치로를 따라 일본, 한국을 돌았던 수행원들에게는 특별 상여금과 휴가까지 주면서 그간의 고생을 치하했다.

소 대표가 바쁘고 위험한 상황에 처할수록 그들은 더 바쁘고 정신이 없으며 더 큰 위험까지 감수한다는 것을 너무도 잘 알고 있기 때문이었다.

"와우. 너무 좋네."

"마음에 드신다니 다행이에요."

"연 대리가 직접 꾸민 거야?"

"시킨 거죠. 제가 직접 하고 싶었지만 바빴거든요. 샤워하고 나오시면 아까 말씀드린 보고부터 드릴게요."

아까 잠시 보긴 봤다.

하지만 회식이 끝나고 집안으로 들어온 소이치로는 정갈

하게 꾸며진 보금자리를 둘러보며 마음의 평화를 느꼈다.

곳곳에 연이채의 세심한 배려가 느껴졌기 때문이다. 말은 다른 이에게 시켰다고 했지만 그런 것 같지가 않았다.

얼마나 오랫동안 꿈꿔 왔던 동거인가?

그녀는 잠을 아끼며 이 집을 꾸몄을 것이다. 하필이면 모터스와 관련한 껄끄러운 화제가 나오는 바람에 자랑도 못하고 괜히 서먹서먹해져서 미안한 마음이 앞섰다.

직접 보고를 받겠다고 말했었지만 지금은 오로지 사랑스러운 그녀를 뜨겁게 안아 주고 싶을 뿐이었다.

"연이채."

"네?"

"따라와."

"어딜요?"

"당신이 등 좀 밀어 줘. 그냥 같이 샤워하자고."

"부장님……."

"나 도저히 못 참겠어!"

샤워고 뭐고 덮쳤다.

갑자기 욕망의 화신이라고 된 것처럼.

사랑스러웠다.

무슨 말이 더 필요하겠는가!

* * *

"다카하시. 당신 해고야."

"해고요? 그 이유부터 듣고 싶군요."

"몰라서 묻나?"

"네. 전 납득할 수 없습니다. 직접 듣고 싶습니다."

"당신 내가 누군지 모르나?"

"아, 압니다."

"그런데 일을 그 따위로 하고 지금 내게 항명하는 건가?"

"죄, 죄송합니다."

모터스 사장, 다카하시를 불러 앉혔다.

모터스 중역회의를 앞둔 시간이었다.

그동안 연이채에게 전권을 일임하고 직접 들여다보지 못했다. 계획한 대로 착착 진행되어 굳이 관여할 필요가 없었다.

그런데 주인이 바뀌고 판을 새로 짜면서 고질적인 문제점들이 수면 아래로 가라앉기만 했을 뿐, 회사가 안정되자 또다시 고개를 쳐든 것이다.

연이채가 곪아 터진 상황을 명확히 분석하고 대안을 마련했다. 그 내용을 검토한 소이치로는 수용하기로 결정했다.

하지만 기업의 위계와 전통은 하루아침에 바뀔 수 없으며 아무리 좋은 계획도 받아들이는 자들의 의지가 없으면 무용지물이라고 판단해 직접 등판을 결정했다.

그런데 사장이라는 자의 태도부터 어이가 없었다.

논리가 필요한 상황이 아니라고 판단한 소이치로는 일단 권위로 찍어 눌러 기부터 죽이고 대화를 시작했다.

"닛산이 왜 망했다고 생각하시오?"

"시대의 흐름을 따라가지 못했기 때문이라고 생각합니다."

"말은 그럴싸하게 하는군! 이유는 오로지 하나뿐이지, 수익을 내지 못했기 때문이야. 누가 책임을 져야 할까요?"

"모두에게 책임이 있다고 생각합니다."

"웃기는군! 생산직이나 일반 직원들이 무슨 책임이 있다는 거지? 당신처럼 자기 보신에만 관심을 가진 경영진이 아무런 희생도 하지 않고 모범이 되지 않기 때문이야."

"이번 분기 실적은……."

"닥치시오!"

변명을 늘어놓는 그의 앞에 서류 하나를 던져 놨다.

거기엔 그의 근무 평가는 물론 사생활까지 낱낱이 기록되어 있었다. 도대체 그는 일을 하지 않았다.

중요한 결재도 미뤘다가 대충 때우기 일쑤였고 회사가

부도 위기에 몰리고 주인이 바뀔 위기 상황이었음에도 임직원들은 갖은 명목으로 제 수당을 챙기기 바빴다.

게다가 부품 조달 회사를 압박해 뒷돈을 챙겼는데, 주의를 받고도 그 못된 버릇을 아직도 고치지 못했다는 증거가 있었다.

그 내용을 확인하던 그의 두 손이 부들부들 떨렸다.

그러고는 한다는 소리가.

"이건 사생활 침해입니다. 불법이죠!"

"불법이라고?"

"네. 소송하면 이건 증거로 채택될 수도 없습니다."

"거기까지 갈 것도 없지. 당신 시즈오카의 료스케 가문 출신이던가?"

"그, 그렇소만."

"당신으로 인해 가문이 풍비박산이 나도 좋다 이건가?"

"소이치로 대표님!"

"내가 손을 쓰면 당신 가문은 시즈오카에 발을 붙이지 못하게 될 수도 있어. 당신 한 명 정도 처벌하는 것에서 끝낼 마음이 없다는 거야."

그 말이 떨어지기 무섭게 놈이 벌떡 일어나 무릎을 꿇었다.

바람직한 방법은 아니지만 놈을 완벽하게 굴복시킬 방법

중에 그게 가장 효과적이라고 느꼈기 때문이다.

전체주의적인 성격이 강한 일본인들의 대체적인 경향이었다. 무릎을 꿇었지만 이제부터가 시작이었다.

그가 왜 사장으로서 부적합한지 지적하기 시작했는데, 이후로는 대답 한 마디 하지 못하고 인정했다.

"내가 당신 한 명 해고하는 게 어려운 일이었을까?"

"아닙니다."

"그런데 굳이 내 소중한 시간을 쓰면서 당신과 실랑이를 한 이유가 뭘까?"

"모르겠습니다."

"그건 당신의 능력이 출중하다고 믿는 사람이 있기 때문이야."

"대표님!"

"난 당신을 해고해야 한다고 결정했어. 그런데 연 단장이 한사코 만류를 하더군. 사람은 고쳐 쓰는 게 아니라는데, 당신의 그 잘난 능력이 아깝다고 나를 설득하더군!"

놈의 시선이 시종일관 가만 앉아 있던 연이채에게 향했다.

소이치로에게는 꼼짝도 하지 못하고 굴복한 놈이 마치 구원자를 바라보는 듯 간절함이 담긴 눈빛을 보였다.

놈은 연이채를 속이고 이용만 했다.

수없이 많은 대화를 나눴고 진심을 보였음에도 눈앞에서만 동의하는 체, 열심히 하는 척했으며 실상은 연이채를 무시하고 제 세력을 키우는 데만 열중했다.

그랬던 놈이 이제와 그런 태도를 보이는 것이 역겨웠다. 문제는 지금 웃지 못할 장면이 그녀가 원한 연극이라는 것이다.

"한 번만 더 기회를 주십시오!"

"기회를 주면 내 아내가 될 사람을 더는 속이지 않고 잘할 수 있습니까?"

"네? 아, 네!"

결정적인 한 마디였다.

놈은 연이채를 만만하게 봤다. 똑똑하고 열심히 일하지만 모든 임직원들을 꽉 움켜쥔 자신이 도와주지 않으면 일을 할 수 없다고 믿었다.

그러나 그건 사실이 아니었다. 연이채는 그에게 기회를 주고 기다렸던 것이다. 하지만 끝내 진심을 보이지 않았다.

그렇다면 쳐다볼 것도 없는데, 그녀는 그러지 않았다.

믿을 수 있고 능력도 갖춘 사람을 새로 영입해 판을 다시 짜는 게 순리로 보였는데, 소이치로가 도와주면 그들을 계도할 수 있을 것이라고 판단한 것이다.

그런데 그 어떤 말보다 '아내 될 사람'이라는 말에 놈은 기겁했으며 정신이 번쩍 들었던 것이다.

"그동안 아무런 역할도 하지 못한 히로시 마코토를 오늘부로 대표이사직에서 해임합니다. 저와 2대 주주이자 인수단장인 연 이사가 동의하면 언제든 가능한 일입니다."

"네. 그럼 대표이사직은 누가 맡습니까?"

"당연히 주인인 내 안사람이 맡게 될 것이오."

"추, 축하드립니다. 대표이사님."

"고마워요. 하지만 사장님도 이번이 마지막 기회라는 거 잊지 말고 최선을 다하셔야 할 거예요."

"네, 분골쇄신하겠습니다."

"하나 더 바라는 게 있어요. 지저분한 사생활부터 정리하세요. 두 집 살림도 부족해, 세 집 살림을 하는 부도덕한 사람을 누가 믿고 따르겠어요."

가족은 일본에 거주하고 혼자 태국에 와 있었다.

그런데 사생활이 복잡하다 못해 난잡했다. 더 많은 돈이 필요한 이유이기도 했다. 현지처를 두는 도무지 말도 되지 않는 행위를 서슴지 않으며 새로 온 임원들을 부추기기도 했다.

도덕성에 흠결이 있으면 부하 직원들의 존경심을 이끌어 낼 수 없으며 합리적인 지시도 먹혀들지 않을 수 있다. 소이치로도 익히 조심했던 부분이기에 그도 감히 반발할 수 없었다.

여성인 연이채가 대놓고 지적하자 그는 부끄러움에 얼굴을 들지 못했다. 하지만 여성인 것이 중요한 게 아니고 이젠 모든 인사권과 의사 결정권을 지닌 대표이사로 취임할 것이다.

"깨끗하게 다 정리하겠습니다."

"그러셔야죠. 일본에 있는 가족들을 위해. 사장님 가족을 초청하면 회사에서 새로 지은 고급 주택을 제공해 드릴 게요."

"감사합니다. 그런데 오늘 바로 대표이사 선임안을 의결하는 겁니까?"

"그래야죠. 관련 자료는 이미 준비해 뒀으니까 나가면서 비서에게 받아 확인하시고 회의 준비가 끝나는 대로 연락주세요. 이이랑 같이 참석할게요."

"네. 대표이사님."

다카하시 한 명만 휘어잡으면 이 큰 조직의 질서를 세울수 있다는 점은 그다지 반가운 것이 아니었다.

그만큼 그가 능력이 출중하다는 방증이기도 했다. 그래서 소 대표는 그를 아예 아군으로 세뇌시키는 것도 고려했다.

하지만 연이채가 만류했다. 적어도 모터스 총괄사장 정

도 되는 중역이라면 창의적인 사고가 요구된다는 의견을 냈다.

그래도 직접 만나 보고 결정하기로 했는데, 그는 전형적인 일본인이었다. 강자에게 약하고 전통을 무시하지 못하는 그런 성정이라면 완벽하게 컨트롤할 수 있다고 판단했다.

"닛산 창립 가문의 흔적을 없애는 것이 바람직할까요?"

"르노에 팔렸을 때 이미 그들의 수명은 끝났어. 그나마 남아 있던 손발도 다 잘려 나갔는데, 더는 의미가 없지."

"제가 잘할 수 있을까요?"

"하하하! 왜 이래? 당신보다 잘할 사람이 어디 있다고!"

"진심이세요?"

"그럼. 회의 시작까지 시간이 얼마나 남았지?"

"왜요?"

말이 필요 없었다.

지난밤 날이 하얗게 새도록 짐승처럼 달려들던 소 대표가 아직 오전인데, 문을 걸고 달려와 또다시 연이채를 품었다.

그렇게도 자신의 애를 태우며 곁을 허락하지 않던 그 남자가 맞는지 의구심이 들었다. 물론 사랑하는 남자의 품이 싫지 않은 그녀도 기꺼이 함께 불타올랐다.

사무실 밖에 비서가 근무하고 있어 조심스러웠으나 그런 조심성도 잠시, 이성을 잠재운 욕망의 격렬한 파도가 모든 것을 잠식해 버렸다.

소이치로는 자신에게 뭔가 큰 변화가 일고 있음을 느꼈다. 최근 수차례 위기를 극복하며 능력이 가파르게 상승한 만큼 그 반대급부가 닥쳤는데, 주체하기 힘든 양기가 그것이었다.

때마침 연이채와 마음을 터놓고 함께하게 된 것이 얼마나 다행인지, 하지만 굳이 그렇게 생각하지 않기로 했다.

애만 태웠던 그녀를 뜨겁게 사랑하기 때문이라고 여겼다.

* * *

"왜 보스 혼자만 오셨어요?"

"그 사람이 시간이 좀 필요하다고 해서 먼저 왔습니다."

"모터스 대표이사 선임은 잘 끝난 거죠?"

"네. 다카하시 사장이 일처리는 분명한 스타일이더군요."

"연 이사님이 아낄 만하죠. 그래도 좋은 사람은 아닌데, 어떻게 설득하셨어요?"

"설득은 무슨! 아주 세게 협박했습니다. 그게 아주 잘 먹히는 전형적인 사람이더군요."

"그건 보스 스타일이 아니잖아요?"

"스타일을 따질 계제가 아니었습니다. 일단 그 뛰어난 능력을 제 보스를 위해 쓰게 만드는 게 중요했습니다."

"그렇다면 뭐."

모터스 중역회의는 잘 끝났다.

다카하시 사장은 그 비굴했던 모습은 온데간데없고 마치 딴사람처럼 유창한 솜씨로 회의를 주도해 나갔다.

그런데 대표이사 선임이 끝나자 그는 새로운 이벤트를 열었는데, 마치 전장에 나서는 군대처럼 충성 서약을 진행했다.

자신이 먼저 부복해 온 힘을 다해 보좌하겠다고 말하고는 모든 중역들을 그 대열에 합류시켰다. 그게 다 소이치로의 눈에 들기 위한 요식행위일지라도 형식은 완벽했다.

당분간 주의 깊게 살펴야 할 인물로 분류했고 세이프티에서 밀착해 진심을 확인하는 절차를 밟으라고 지시했다.

"아빠에게 연락이 왔는데, 보스를 보고 싶으신가 봐요."

"잘됐네요. 안 그래도 찾아뵈려고 했습니다. 어차피 미얀마로 건너가야 하는데 제가 직접 모시고 가야겠습니다."

"미얀마요? 그런 저도 같이 가도 되죠?"

"그럽시다. 확인할 사안들도 많은데 오가면서 의논하면

되겠네요. 참, 그 전에 잠시 들를 곳이 있습니다."

"아! 방위 사업 때문이죠?"

"네. 티라넷 총리가 하도 보채서 가시적인 성과를 보여야 할 것 같습니다."

"보스. 폰타나가 아주 흥미로운 얘기를 하던데, 들어 보셔야 할 것 같아요."

무엇인지 궁금해 물었지만 직접 들으라고 했다.

그래서 곧바로 DIC로 이동했다. 연락을 따로 하지도 않았는데, 올 줄 알고 있었는지 이미 보고 준비를 마친 상태였다.

폰타나를 비롯해 공인호 소장도 함께 있었다.

일단은 전체 업무 보고부터 받았는데, 미사일 연구는 정해진 일정보다 훨씬 빠른 진도를 보였다. 휴대용 대공미사일인 ST1의 개발이 완료되어 시제품을 생산 중이라고 했다.

"DIC에서 제작이 가능합니까?"

"소프트웨어는 일렉트로닉스 김 사장님이 최적의 인력을 지원해 주셨고요 하드웨어는 건설기계 야마토 이사께서 지원해 주시기로 했습니다."

"야마토가요? 아! 그렇군요. 어려서부터 밀리터리 마니아였죠. 전공도 기계 쪽이라서 관심이 있나 본데, 정밀기계 분야는 만족할 만한 성과가 나오지 않을 수도 있습니다."

"그럼 어떡하죠?"

"공 소장님이 한국을 한 번 다녀오셔야겠습니다. 세운상가, 아니 이제는 구로, 신도림, 문래동으로 많이들 옮겨갔다고 하던데, 한국의 정밀기계 마이스터들을 모셔 오십시오."

"아! 시간과 돈만 허락되면 비행기도 만든다는 그……."

"네. 대부분 10인 이하의 소규모 업체들입니다. 최근에 점점 더 어려워지고 있다니까 잘 살펴보시고 대략 2, 3팀 정도 영입을 하십시오."

일본인인 소이치로가 어떻게 그런 것까지 아는지 이젠 의심도 품지 않았다. 어디 한두 번 겪은 일이어야지.

한국의 기업 정보는 물론 방위산업에 대해서도 전문가인 자신보다 더 많이, 깊이 알고 있어 어안이 벙벙했던 적이 많다. 게다가 완벽한 한국말은 다른 생각을 허용하지 않았다.

현재 개발 중인 미사일은 지대공 미사일들이다.

아무래도 국경을 접한 국가 중에는 위협이 없기 때문에 하늘로 접근할 수 있는 중국, 인도네시아, 베트남을 가상의 적으로 삼고 있기 때문이었다.

"중거리 지대공미사일의 개발 상황은 어떻습니까?"

"기본설계는 잘 진행되고 있고 로켓 추진 기관과 탄두는 저희 역량으로 가능하지만 사격 통제 시스템이나 다기능 레이더, 그리고 탑재 차량은 파트너를 구할 시기가 된 것 같습니다."

"탑재 차량은 SSL 모터스와 협의하셔야죠. 그리고 어차피 한국의 천궁 미사일을 모델로 삼고 있다면 LIG 넥스원, 한화 탈레스와 협력을 해야죠."

"받아 줄까요? 우릴 일본 기업으로 인식할 가능성이 높은데?"

"그도 그러네요. 하지만 덩어리가 워낙 크지 않습니까! 이왕 보유한 기술을 팔아 수백억을 당길 수도 있기 때문에 계약 옵션만 명확히 하면 가능할 겁니다."

"일단 진행해 보겠습니다. 그리고 문제가 심각하면 보고 드리겠습니다. 담판을 지어 주십시오."

"네. 하하하!"

방위산업 분야는 정말 자랑스러웠다.

한국이 처한 혹독한 주변 정세로 인해 어려운 가운데서도 국방에 꾸준한 투자를 해 올 수밖에 없었다.

통상적인 선진국들보다 월등한 GDP 대비 방위비를 지불하며 자주국방의 기치를 세운 결과는 작금에 이르러 눈부신 수준이다.

웬만한 무기들은 직접 만들고 개량해 수출까지 하고 있으며 방산물자 수출 세계 6위를 자랑하고 있다.

특히나 육상 전력이 월등해 전차와 장갑차 부문에서 선도적인 기술력으로 리드하고 있으며 조선 강국답게 군함이나 잠수함까지 만들어 수출도 했다.

게다가 고등 훈련기에 이어 이제 초음속 전투기까지.

"이제 저 차례죠?"

"우후! 그 자신감은 뭡니까?"

"뭘까요?"

"엔진 개발이 된 겁니까?"

"그런 것 같아요."

"'같아요'는 또 뭡니까?"

"중국은 비행기 엔진을 개발하려고 30년 동안 25조 원을 투입했어요. 그래도 아직 미완성품을 완성품이라고 우기고 있죠. 그런데 우리는 얼마를 쓴지 아세요?"

"하하! 설계와 시뮬레이션 테스트보다 이제부터 돈을 쏟아부어야 한다는 거 압니다. 그러니까 정확한 정보를 말해 보세요."

폰타나는 무리한 프로젝트를 고집하지 않았다.

이미 한국이 개발 중인 KF-21 엔진의 막힌 부분만 집중적으로 연구했다. 어차피 그것만 되면 서로 협력이 가능해 무리한 투자를 하지 않아도 된다고 판단한 것이다.

4.5 세대를 넘어 블록 2, 블록 3까지 개량, 파생형 기체를 원하기 때문에 전투기의 핵심인 엔진 개발은 한국 전투기 개발 사업의 핵심이라고 볼 수 있다.

다양한 기능과 무장은 바꿀 수도 있고 차후 자체개발 할 수도 있지만 한미 관계가 껄끄러워 엔진을 수급하지 못하면 수출은 고사하고 내수용 전투기 생산도 불가능하다.

미국이 F-35를 아무 국가에나 팔지 않는 것과 비슷한 논리가 적용될 수도 있다. 그래서 한국 기업은 GE와 기술 제휴를 맺고 F-5 제트엔진 생산부터 T-50, F-15K 엔진 생산까지 나서는 등 빠른 속도로 시장 입지를 키워 왔다.

그 결과 KF-21의 엔진 국산화율을 50%까지 끌어올렸지만 미국이 브레이크를 걸면 바로 꼬꾸라지기 때문에 가스 터빈 엔진 창정비를 도맡으며 항공기 엔진 기술 자립을 꿈꾸었다.

"이제 한화에어로스페이스와 탁자에 마주앉을 수 있게 되었어요."

"좋네요. 하하하!"

"서로 기술을 공유할 경우, 저희는 추후 항공기 엔진 설계 전문 기업으로, 한화는 생산 전문 기업으로 역할을 분담하는 게 좋을 것 같아요."

"일단 접촉해 보세요. 그리고 경과를 알려 주시고 필요하다면 제가 나서겠습니다."

"네. 그래야죠. 흐흐흐!"

완벽한 엔진 설계와 생산도 가능하다는 판단은 들지만 그건 소망일 뿐, 가야 할 길이 멀고 험하다. 기나긴 시간을 감내하며 얼마가 들지 모를 막대한 자금을 투입해야만 한다.

때문에 폰타나의 판단은 일석이조였다.

마침 한국의 전투기 개발 사업이 탄력을 받고 있던 터라 최소 비용으로 고지에 함께 올라탈 수 있는 기회를 얻은 셈이다.

폰타나는 전체 엔진 개발 기술에 10% 가량을 주장할 수 있다고 판단했다. 때문에 무리한 권리를 주장하지 말라고 조언했다.

아무리 상대가 아쉬워도 무리하게 몰아붙이면 튕겨 나가는 한국인의 기질을 잘 알고 있기 때문이었다.

"보스. 총리를 만나러 갈 거죠?"

"네. 목이 빠져라 기다리고 있죠. ST1 지대공미사일의 성과가 제대로 나와 기다린 보람을 느끼게 해 줄 겁니다."

"저도 같이 만나면 안 될까요?"

"총리에게 하고 싶은 말이 있습니까?"

"네. 최근에 인도네시아가 한국 뒤통수를 때렸잖아요. 그 사업을 태국이 이어 받으면 좋겠다는 의사를 전하고 싶어요."

"아하! 실리완이 말한 게 그거였군요."

"네. 지금 우리 SSL DIC가 힘을 보태 엔진 개발이 가능해졌다는 정보를 활용하면 인니는 땅을 치게 될 것이고 그 자리를 메울 국가는 단숨에 공군 전력을 강화할 수 있잖아요."

"조국에 대한 애정입니까?"

"네. 전 태국 사람이잖아요. 최근 인도네시아, 베트남 등이 꼴사납게 나대는 게 영 눈에 거슬렸었거든요."

〈9권에서 계속〉

퇴마사 사가운

박현수 현대판타지 장편 소설
DONG-A MODERN FANTASY STORY

낮에는 대기업 회장이, 밤에는 악귀를 잡는 악귀가 되는 사가운.
태양신의 축복과 악귀의 저주가 함께하는 몸으로 이백 년을 살아온 남자.

오랜 세월에도 잊지 못한 과거의 인연을 유령으로 재회하지만
그와 함께 과거의 악연이 되살아나 사회에 악의 씨앗을 뿌린다.

기괴한 사건사고가 끊이질 않는 현대 한국의 밤거리를 무대로
수백 년 전의 원한을 끝맺기 위해 사가운이 움직인다!

동아
COMMUNICATION
GROUP

동아
COMMUNICATION
GROUP